幽暗之地

止 微 室 談 詩

秀實 著

藏在句讀裡的如歌行板
──秀實《幽暗之地：止微室談詩》序言

姜豐

　　讀秀實詩文，時而會有台灣詩人瘂弦詩歌〈如歌的行板〉感
覺：「溫柔之必要／肯定之必要／一點點酒和木樨花之必要……／
觀音在遠遠的山上／罌粟在罌粟的田裡。」秀實的內心大概還是有
一個溫柔敦厚詩教下的自我，詩思所及，無所不包，然而又總點到
即止，使人回味，如歌的、行板一樣的，輕輕揭開欲表達之物，又
輕輕放下。

　　一口氣讀完他的最新評論集，想洋洋灑灑寫下剖析他一生為
詩、行止的宏文，腦中浮現的卻是他評詩人林鴻年〈法中有我，詩
以載道〉的文字：「我祖籍番禺，每次回省城，得與鴻年相聚，均
以詩佐酒，浮一大白，而不知地老天荒……於鴻年而言，詩當是解
酒之藥，他獨醒於混濁之詩壇，我倆互惜互重，乃為文以記。」這

段話是評論林鴻年的〈詩歌，我的前世〉，該詩中有句：「我的今生／常自詡是位清流另類之人／隱於市　隱於朝／不見詩人／不談詩。」秀實大概是很想發揮一番的，最後也只是談到了與詩人的交情，詩的「解酒之藥」功效。或者如筆者插言，詩歌也像昊天中的微塵，藉著雨水而幻成扶搖天地的彩虹，藉著地形又變為滋育萬有的大塊，「其情甚真，其中有信」（《道德經》）。秀實大概也會服膺詩歌的求真氣質之重要，詩歌的求真意志是流淌在文化血脈中的，完全逾越體裁、風格、國族、性別等等的束縛；只是「真」，然而不足為人道，是善於隱遁的自然，是一個就算去反覆揭示也依然隱遁的祕密，於是又是美的──一種貫穿人類精神史的美感。秀實的詩文，讀之亦是這樣地美的，時而有舉重若輕感，「此中有真意，欲辨已忘言」（陶淵明〈飲酒·其五〉）。他既然自己在詩文中都不怎麼深入及點明，為什麼別人要看到和說出呢？秀實自己的詩文世界都是清雅的，帶著隱密高貴意念的書寫，也如林鴻年詩中所敘，是一位「清流另類之人」吧！

　　然而我還是開始寫秀實這本評論集的序言了。一開始就對他戲言：「這不就是評論的評論嗎？」然後隨手一番評論集，翻到也是他評林鴻年詩風中「清愁」時候所引用北宋楊萬里〈紅葉〉：「詩人滿腹著清愁，吐作千詩未肯休。」秀實也有他的「清愁」，那與千古而下的楊萬里又如何相通的呢？筆者的加入又有沒有清愁呢？

這無盡祕密的談話是共生於一個心靈烏托邦的存在的。話語、語言、詩共生的世界，若是非要「一言以蔽之」，大概是他在〈我的理想國〉一文中提到的：「河流穿越兩岸有樹葉小如點子枝丫瘦削的樹木，我立著，樹游走。」長長的句子，配以兩個初讀違反直覺的短句，而依然有一氣呵成之感。此文是他的夫子自道，自然不必筆者再贅言；想補充的是他的詩學理念，如他在〈隱藏與悖論——談語凡詩〈父親與查無此人〉〉中的一段話：

> 詩題〈父親與查無此人〉這個題目充滿悖論（paradox）。美國新批評家克利安思‧布魯克斯說：「科學家的真理要求其語言清除悖論的一切痕跡，詩人要表達的只能用悖論的語言。」語凡深明為詩之道，則以〈父親與查無此人〉為題。「父親」是個有溫度的詞，標示了血緣與脈絡，帶有強烈感情的色彩。而「查無此人」則是冷酷的片語，指向斷絕與失望。向一個至親的人喊「查無此人」，自是心懷悲愴。而此人於此，僅僅成了一個無宗族姓氏的符號。「查」字表示此人確實存在，只因線索斷落或與自己關係疏離，以致在生命中，恍若不曾存在過。而這種父子疏離的現實，與動亂的時代息息相關。

　　筆者不禁聯想到禪宗名詩：「闌那行自周，空手把鋤頭。人從橋上過，橋流水不留。」（宋釋印肅《金剛隨機無盡頌・一相無相分第九》）悖逆詩語不僅可以是秀實那樣的美文體句子，也可以用來剖讀詩友的詩文，甚至可以如這首禪詩講解存在感的基本經驗。而這所有的經驗（里爾克說「詩是經驗」）又藏在哪裡呢？那應該是藏在一個個漫長句子的句讀、換氣、沉思的靈韻當中吧！

　　而如果沒有或者消解了悖論詩語呢？秀實常在詩友前自詡：「我是一個知道自己為什麼寫詩的人。」筆者想，他更多非悖論的詩語表達的或是「一個獨一無二的世界將在獨有的述說中誕生」（〈黛色一生中的四月〉），也就是「詩歌的藝術在語言的述說」（同上）。秀實由此重塑和再造了一個與現實平行的詩語世界，他安居於中，一個詞與物與他者獲得某種微妙、銷魂同一的藝術世界，這也就是他的寫詩重要緣由了吧！

　　比較起秀實為了曲終奏雅而說的「理想國」，大概「異托邦」更符合他對自身詩文、詩人生活狀態的總體看法，譬如他在〈語言之外的孤單──蘇榮超詩集《奶與茶的一次偶遇》裡的疾病詩〉中談的：「香港詩歌大略而言，均欠缺來自土地的『熱度』。過客視香港為橋樑，掘金者視香港為礦山。兩者均把這個城市看作『暫留地』，這是一個時代的現象。奧地利詩人里爾克（Rainer Maria Rilke, 1875-1926）的『所有的人都生活在異鄉，所有的故鄉都杳無

人跡』。或者，這正正是香港詩人的處境。」拈看此語，倒也可以看出秀實對自己身為香港詩人的身分認同之反思，似乎在呼喚一種詩友同道的認同與寂寞籲告。評論集中更有秀實藉著論詩友席地時談論詩之為「理解」橋樑之功用，大致來講是把詩歌當成津梁處渡人之舟，只要讀者沒有「霧失樓台，月迷津渡」，也就可以把此一玩，找到心靈幽祕之地的共震、心底隱密火焰的共續。此「異托邦」自有風物萬千，可以流浪異域、久歷繁華，再回首，看到先將來時的當下世界不同的風景。

年來秀實又作起小說，讀他的〈敘事之必要——文榕散文詩略議〉、〈語言與隱喻——讀陳德錦詩集《疑問》中的幾篇作品〉，可見他對這兩位作者的熟悉和細讀文本的剖白入微；除卻我讀他倆作品的感受，只看秀實，我卻更多是分別感到秀實秉有的話語、語言本體經驗的深入，詩語的感通、澄明的純藝術傾向。讀者細讀這兩篇評論，當可看出詩人感知方式轉小說家、轉戲劇性敘述的趣致，此不贅言。

評論集中也有序詩人招小波詩集《提燈——我寫清流詩人100家》的〈幽暗之地，提燈之人〉，筆者這裡再評說，便是「評論的評論」的評論了，話語場化為詩語流水般，滾滾而來，不擇地而流，詩的汪洋大海於焉而成。而這「評論的評論」的評論想提到的，是其中議及的詩歌的「毒」，好詩的不可分割的整體性，「等

天空下刀子的時候，我們就有用不完的鐵了」等金句。好詩往往擺
脫了作者，孤懸於虛空當中，等待有緣人看到它的意旨、價值。同
為評論中人，我也要仿效秀實那樣更多看到詩語觸及的世界奧義，
然後回到祕密的沉默當中吧！但是，「評論的評論的評論」實在還
是需要的，是這樣的吧？至少它加入了秀實與眾多詩人合奏的聲
部，幽暗、隱密、深入又宏大，構成一闋藏在句讀裡的如歌行板。

　　這本評論集中還有許多涉及到秀實思考詩歌、散文詩文體界線
及創作發揮的動力機制等的議題，間中提到他對他的個體詩學「婕
體詩」的發揮，可以看到他用「婕體詩」寫作、論詩的進境，識者
自取。至於他是怎樣做的？趕緊翻開這本評論集吧！集中開頭幾個
評論都首要涉及這些議題。

（2022年4月28日於香港）

（姜豐，新港派作家。香港創意寫作研究生畢業，作家、詩人、詩
歌和藝術評論者、拉康派非執業心理諮詢師。著有《遠去的浪漫派
的夕陽》、《極速心城》等。做過數十位著名詩人和藝術家的獨立
評論。）

目次

序與後記

附錄

台灣篇

談路易士詩集《行過之生命》

匆匆地來往／在火車上寫宇宙的詩

──徐遲〈贈詩人路易士〉

　　民國二十四年（西元1935年）十二月，未名書屋為詩人路易士出版了他的詩集《行過之生命》，列為「未名文苑第二種」，售價大洋四角（當時工人月薪約十五至二十個大洋，可見書籍的售價不便宜）。如果不把1933年自刊本《易士詩集》計算在內，這本《行過之生命》便是他的第一本詩集。路易士在〈行過之生命・後記〉中說：「至於第一輯的十首，我是聽從了杜衡兄的勸語，才從我最初的一本非正式的不堪見人的小冊子裡選出來的。」[1]這本非正式的小冊子，收錄了詩人「1929年到1933年五年中創作的六十餘首詩」。[2]

　　《行過之生命》由杜衡（1907-1964）作序，施蟄存（1905-2003）作跋。路易士在其回憶錄的〈二分明月下〉中說：「當然，

我跑得最勤的，還是杜衡、戴望舒兩家。」（見《紀弦回憶錄》，台北：聯經出版公司，2001年，頁116）杜衡1949年後在台灣，是著名的小說家與翻譯家，1926年曾與詩人戴望舒創辦文藝雜誌《瓔珞》，後與施蟄存合辦《新文藝》月刊等，當時是極負盛名的「海派作家」。路易士詩集能邀得杜衡作序，是極為難得的。杜衡在序文中這樣描述詩人路易士的形象：「他這個人所給我的唯一的印象是，止如他日後的作品〈顏面〉所說：為少光澤的長髮所覆的，闊闊的蒼老的額……，而那兩撇墨色的蒲茸，無力地披垂著。」[3]這確然是一個藝術家的造型。形貌不類於俗流，擁有特立獨行的思想，這也是每個詩人所應有的。施蟄存2003年在上海逝世，他同樣是著名的小說家與翻譯家，曾主編大型文學刊物《現代雜誌》。他在跋裡說：「我對路易士的詩，總覺得在修辭上、在音節上，甚至在詩意的組織上，常常不免有些缺陷。對於修辭和音節這方面，我是拿聽音樂的知識來看路易士的詩，我覺得他的生澀的詞句和拗促的音節，使他的詩沒有戴望舒所作詩那樣的舒緩蘊藉而老練。對於詩意的組織方面，我是以看小說聽故事的智識來看易士的詩的，我覺得他的零星的情緒與朦朧的意識，使他的詩好像都是未完篇的斷片。」[4]施蟄存敢於對詩集直率地批評，正顯示兩人交情的深厚與健康。不過在一番批評過後，他接著說：「我覺得我的意見固然不錯，但以我這個意見去指為易士之詩的弊病則是錯了。」[5]這當然

是擅長心理寫作的施蟄存的刻意鋪排。然而，路易士在後來的回憶錄中卻說：「收在這個集子裡的東西，至少有一半以上是令人臉紅的壞詩與非詩。」[6]可見他是能勇於面對從前不成熟的寫作成果，這是詩人坦誠的氣度與進步的動力。

《行過之生命》全書逾二百頁。內容分為三部分：A.「從開始習作到一九三三年」十首；B.「從一九三四年三月到年終」九十三首；C.「從一九三五年一月到八月」五十九首。共錄詩一百六十二首。這些詩「大部分是在揚州寫的」。[7]詩人在〈後記〉中說：「[這詩集]就是我底自敘傳。因為我所歌唱的乃是我自己底夢和自己底淒涼的存在。」路易士時期的作品有別於後來他來台後更改筆名為「紀弦」時的，稱為「銀灰色時期」。「詩人自稱寫詩的前幾年心靈經歷了一個銀灰色時期，他現代派時期的三本詩集《易士詩集》、《行過之生命》、《火災的城》，就是他銀灰色心靈的雕像，其中混凝著憂鬱，混凝著感傷，混凝著希望與追索的心理意向。」[8]銀灰色者，即灰色的消極或悲觀中帶有銀色的閃光，也即是絕望中的希望。集中〈生命的白蠟〉：「我是知道這太短的蠟／有一朝要永遠熄滅／或在半途上為颶風捲去。」[9]〈競技者〉：「生活如一條索／繫兩懸崖之間。」[10]這是灰色。且看〈病中〉六行：

十月的風在梧桐枝上巡逡著
一片絳色的果瓢飄墜了

一窗和暖的太陽光
是誰向春風去借來的

而我是默默地躺著
守著病中多詩的歲月[11]

詩歌給予他存在的希望了。這即銀光的閃亮。讓「偏是活在這
腥臭的糞坑裡，而我自己又不得不在蛆群裡苟延殘喘」[12]的詩人有
了一絲存活的欲望。再看滿腔煩愁的詩人如何借酒銷愁，這是〈將
進酒〉，如一飲而盡的一節十四行：

請留神你底鬢髮變淡
誰還顧得了明天
且飲了這杯美酒
讓我來記取少年──
有月，夜的湖上
有太陽，晨之山巔

　　黃昏裡，過那重重疊疊的野墳

　　也變得詩意和留戀了

　　二月的晴空有鳥雙飛

　　荷紅色的燈下有人兒比肩

　　畫眉曾傾聽我們哀歌

　　紫藤花瓣悄悄地飄墜無言

　　哦！那可喜的回憶啊

　　不是春，也不是江南[13]

　　韶華易逝，良辰美景不再，讓年少多愁的詩人路易士寫下這動
人詩章。第七至八行是驚人之筆。是當時盛行的存在主義的寫法。
另一首〈十一月的詩〉同樣有著存在的虛無，詩兩節十五行，且看
末節：

　　我的煩憂不是為了天的蒼白

　　西北風的襲來使我不安

　　我留心著十一月的風

　　遂致夜間亦不敢入夢

　　十一月的魔是狂吼的西北風

　　牠將吹冷了人們十月的幻想

而這個尚未降臨的不幸

使我刻刻擔心[14]

　　我是2018年末在詩人向明台北市吳興街的家中，發現這本珍貴的詩集孤本。向明珍而重之，以精緻的錦盒盛載這薄薄的傳家之物。當他謹而慎之把詩集拿出來時，我看到那色彩已剝落的封面那灰藍字體，激動不已。彷彿民國四十年代的詩歌歲月一下子蹦跳地來到我眼前。我想起寫《追憶逝水年華》的普魯斯特（Marcel Proust）的話：「文學讓我們回到過去，讓我們與過去時代的人們成為兄弟。」此1935年之物，相隔了八十四年後重現我眼前。而且是一位著名的現代派詩壇大將的早期著作，這是何等地讓人驚詫與奇異之事。向明並向我推薦了〈生命之消逝〉、〈脫襪吟〉、〈至善的人〉、〈四行小唱〉這幾首詩。〈脫襪吟〉是當時的名篇，施蟄存在〈跋〉裡說：「我最喜歡路易士的〈脫襪吟〉。同樣的一個小小的感想，詩人寫來就是詩，革命家寫來就是標語。」[15]此詩有象徵主義以醜為美的色彩，把「臭的襪子」、「臭的腳」寫入詩中，是因為詩人從俗與醜中，看到了流浪人孤獨無家的淒涼實況。[16]

何其臭的襪子啊

何其臭的腳

這是流浪人底襪子

流浪人底腳

沒有家的

也沒有親人

親人──

何其生疏的字啊[17]

〈生命之消逝〉的「響一聲霹靂，換一個宇宙」，〈四行小唱〉的「我不知可愛的聖處女／明日屬誰所有」，雖則悲觀絕望於當下，卻都有對未來的憧憬。〈至善的人〉有強烈的自嘲意味，詩人在社會被認為是瘋子，被人訕笑。這無疑是對那些至善的人的一種無情打擊。而這種社會的群眾風氣做成的無形審判，卻是一種道德的悲哀。但令詩人尤其介懷的，是詩末的三行：

人們不懂你底詩

而有些是在訕笑了

唉，你至善的人呢[18]

路易士與香港有著密切的關係。他小學就讀於香港的教會學

堂，在《三十自述》（上海：詩領土社，1945年）中，他說：「我
常在九龍半島的沙灘上掘砂泥，拾貝殼，眺望綠色的海和它的魅人
的地平線。」抗戰期間，他隨大量文化人南下香港。並主編《國民
日報》副刊《新壘》。直到1939年才重回上海。有關路易士在香港
的詩歌活動，可以參看廈門大學學者劉奎的〈紀弦（路易士）與
香港詩壇關係考論〉一文（見《江漢學術》第37卷第5期，2018年
10月）。路易士在大陸時期的詩歌活動，都為他束渡台灣後詩風的
轉變提供了相當的條件，成就了紀弦時期某些詩作的「番石榴的味
道」。[19]

　　香港藏書家許定銘在〈兩位「路易士」〉一文裡說：「路易士
的詩集不易見，叫價甚高，一冊六十四開本，僅一百二十頁的《出
發》（上海太平書局，1944年）最近在拍賣網站上以人民幣一千八
百元拍出，令人咋舌。」（2021年8月16日FB臉書）看來向明所收
藏路易士這本《行過之生命》，拍賣價應高十數倍以上。向明曾
說，有人出五十萬台幣求割讓，他不答應。詩人愛詩，及於詩集的
收藏，是旁人難以理解的。

　　　　　　　　　　　　（2022年3月8日婦女節午後3時半於婕樓）

（左）詩人向明家中珍藏的路易士詩集《行過之生命》

（右）路易士詩集《行過之生命》內頁之一

路易士詩集《行過之生命》內頁之二

注釋

[1] [3] [4] [5] [7] [9] [10] [11] [12] [13] [14] [15] [17] [18]
見路易士著,《行過之生命》(上海:未名書屋,1935年),頁後記3
／頁序1／頁跋3-4／頁跋4／頁後記3／頁201／頁255／頁84-85／頁後記
2／頁16-17／頁134-135／頁跋7／頁187-188／頁245。

[2] [6] 見李艷,〈紀弦在「路易士」時期的詩觀考述〉,刊《東莞理工
學院學報》第26卷第4期(2019年8月),頁40-44。

[8] 見羅振亞、陳世澄,〈感傷又明朗的繆斯魂——評路易士30年代的
詩〉,載《天津大學學報(社會科學版)》第2卷第3期(2000年9
月),頁206-209。

[16] 劉紀新在〈論紀弦的「身體詩」〉中說:「這絕非模仿西方現代主
義的化醜為美,而是來自詩人實實在在的身體感受。」見《廣州大
學學報(社會科學版)》第11卷第5期(2012年5月),頁87-91。看
法不同,讀者可以自行判斷。

[19] 紀弦詩〈番石榴的秩序〉:「什麼都隨風而逝了,不可挽回的!／
只留下些兒澀澀之感,酸酸之感……／而我的詩總是澀澀的,酸酸
的／給人以夠澀夠酸的番石榴感。」

述說與散文詩的文體座標
──兼談台灣女性散文詩五家

　　散文詩文體爭議的熱潮已退，詩壇已有共識：散文詩是詩，以段落的形式呈現。其文體審美特質與白話詩並無二致。當然白話詩的審美特質也是人言人殊的，二十一世紀以降，「沒有主流，沒有大師」的文學現象，更趨明顯。一個詩刊陣地，一群游走小眾，便可以豎立一面白話詩旗幟。甚至乎一個詩人，也可以做出吶喊來，讓詩壇聽見他的聲音。可以斷言，白話詩無統一的審美標準，已成不變的常態。

　　但散文詩文體的探究，仍然可以繼續。評論家陶東風在〈文體演變及其文化意味〉中說：「真正的文學類型（不包括以題材劃分的非文學類型）總是反映了特定的文體特徵。」我曾就散文與散文詩的敘述結構上指出：散文是「線性結構」，段落間相互勾連，整篇起承轉合。而散文詩即是「板塊結構」，一段一板塊，板塊間的連接不必順序而成輻輳狀態。我的比喻是「毛冷衣」與「百納

衣」。毛冷衣一針一線編織而成，百納衣是一幅一塊地拼湊而成。
前者更重紋理脈絡，後者更重色彩形狀。

從敘述角度去看，我們會進一步發現，散文詩作為獨立的文
類，其地位的重要性。如果「詩歌、散文、小說」是當今三大文
類，則散文詩居於這三角形的中心點。且看以下表格。

詩歌的述說功能

「白話詩」以抒情為主要功能，以分行呈現。 ↓↑ 世相紛紜，難以清楚述說，需要較長的句子來表達。單句長行或多句長行的白話詩出現，這是「婕體詩」（婕詩派）。 ↓↑ 敘事功能增強，文字間浮現脈絡形成段落。是「散文詩」。

| 只是抒情詠嘆的段落，弱於敘事，強化寫景或抒情的功能。這是「小品文」。
↓↑
「散文」 | 敘事功能不斷加強，成為一篇帶有故事性的「微型小說」。
↓↑
「小說」 |

把「婕體詩」列出來，是藉由詩句（行）字數的改變，來解說
寫作在述說中，字數從「一行之節約」過渡到「一段之華麗」的變
化。這是所有詩人創作時的經驗。這只是從文本的述說功能的角度

去看散文詩，未曾全方位的把散文詩的文體審美特質呈現出來。譬如散文詩中的意象運用，時空錯置等的藝術要求。而有關這些，在區分散文詩與小品文時，尤其重要。我曾在「首屆創造盃散文詩雙年獎」（2020-21年度）中說：「所有文學理論的底氣來自大量的文本考察。令人遺憾的是，極大部分的散文詩作品以小品文的形態而存在。」這種現象，尤其見於大陸的散文詩創作。而台灣的散文詩創作，蹊徑另闢，在一輪寂寥後出現繁茂的景象。令人更為欣喜的是，散文詩的創作隊伍中，出現不少女作家來。她們的書寫各呈綽約風姿與獨特個性。現擷取數家略作析論。

01　導盲磚／簡玲

　　你總是冷靜閉上眼睛，等米羅的星月殞落，草間彌生的日點粉墨登場，在未知的途徑熱情談論遠方。作為大地嚮導，你顛撲不破的真理，引領黑暗叢林螢火，光明的美意讓人讚嘆。

　　今天，你對自己失望了，當盡頭衝出撞牆的唔嘆，他的盲杖像針鋒扎進你體內，某個凸起的死角質疑盲目質地。

　　你無法說出看不見的悲傷，仍然以肉身供養，讓艷陽炙燒成為一條筆直的蝦子。

　　（三節163字）

導盲磚是城市一道亮眼的景觀。是地上有凸紋的磚塊供聲者憑腳底的觸感前行。首句「閉上眼睛」是散文精確描述，在這裡卻延伸出詩意。因為閉目是詩人安置於導盲磚上的，而非導盲磚自身的選擇。詩人隨即對這個充滿色彩的世界做出描述。然世界萬事萬物，如何盡寫。這便是詩人棄分行而選擇分段的其中一個原因。敘述的空間雖然擴充，然百科全書也不能盡寫世間所有，這便是寫作對詩人的考驗。這裡拈出的兩位藝術家：西班牙胡安‧米羅與日本草間彌生。兩位藝術家的繪畫和雕塑作品都是色彩和形象鮮明的。這便是世相。

敘事的角度是導盲磚。它在述說一件今天的事。一位聲者撞上牆壁，他的拐杖扎在它身上，這個動作和聲音好像在質疑它存在的價值。末節「以肉身供養」把任人踐踏的實況寫出極大的「人文關懷」。筆法高明。城市的導盲磚的凸紋常見紅色的，狀如烤熟了的蝦。末處精彩，把城市的煙火帶進詩裡。

02　淡出／李佩琳

從公車玻璃窗的倒映，她看到酷似自己的女人，日漸變成灰色。頭髮、眼睛、肩膀、手腳，一點一點，遁入暗灰的套裝。

風吹動衣角，露出左胸口淡淡的粉紅結痂，提醒自己沾染色彩

的美好與危險。面無表情地，她輕輕遮住疤痕，覆蓋所有冒出的念頭，不痛不癢，是最高境界。

下雨了，一場混濁讓她覺得放心，撐開灰色的傘，站在灰色的街頭，她和這座冰涼的城，沒有一點違和感。

隱沒在被調暗的人生舞台，已忘卻了打燈的意義，陽光再度想起這城時，那滴就要乾涸的淚漬，是她唯一存在過的證據。

（四節222字，2020第六屆台灣詩學詩創作獎首獎）

敘述一個風華不再的都市女性的悲情自嘆。女人在穿越這座熟悉的城。首三節述說了三件事：坐公車，整理衣妝，雨中立在灰色的街頭。這些敘述與散文迥然有異，其局部而帶有標誌性，含有文字的力量：玻璃窗上的灰色調子，左胸口的粉紅結痂，雨中的傘與雨中的城。三節敘述的聯繫並不必然，因為其排列的次序可以隨意調動。這是散文詩敘述「板塊結構」的特色。

末節的書寫稍微失控，略脫離詩而傾向散文。「人生舞台」這個濫詞的出現，本身已暗寓了女人不濟的命運。比較「舞台」與「人生舞台」，便很清楚。女人的命已然被調暗，所有光都無意義或映照出她曾經的傷害。讀到最後，自然連結到題目來，真是一矢中的的剴切。光華也是涓滴而逝，趨於黯淡。

03　旺角侏羅紀／紅紅

電視轉到Discovery頻道──恐龍列陣進入公園（這個時代居然有恐龍）。牠們說弱肉強食是進化論重要的一環，對於一個天生的狩獵者（並非守衛者），會移動會尖叫的才是獵物（Come on！來點娛樂，今天我們超級閒的）。

看見一群持槍棍穿綠色制服的恐龍出現在旺角街頭（好勁揪），會移動會尖叫的才是正常人（難不成是殭屍？），但為了不被牠們發現你是唯一反應正常的人，請勿移動請暫時停止呼吸！（跳～跳～跳～）

忽然間一位憋不住氣的小女孩轉身竄逃（她和哥哥只不過上街買美勞用品），驚動了一隻綠色迅猛龍，將奔跑的她撞飛倒地騎跨在下。她踢腳掙扎，其他幾隻恐龍聞腥一擁而上。

地上沒有血，只是女孩再也尋不著彩筆，為城市的天空塗上無憂的顏色。

（四節292字，47期吹鼓吹詩論壇新聞散文詩競寫入選作品）

新聞題材的文學書寫並不容易。「六何法」（5W1H）與文學創作是兩回事。新聞的敘述要求完整和客觀，而文學剛好相反。更

重要的是，詩歌的書寫所尋求的真相往往有別於眼下所見，對現實
過於迫近的描摹會損害藝術性。文學即對現實的抵抗以求抵達更遠
的地方。詩人反芻一件新聞後，採用「二元對立」的敘述技法處
理。當中七處加上括號的安排加強了「現場感」，讓一件貌似歷險
的故事同時具有相當的真實性。並且因為語調讓敘述的文字帶有對
權力的戲謔與蔑視。這裡詩人刻意保留了一個「忠誠的敗筆」，即
小女孩的哥哥的出現。在真相呈現與詩歌藝術間，詩人艱難做出了
選擇。忠於事實而削減了二元對立的藝術效果：一群武裝的迅猛龍
對一個拿著畫筆的小女孩。

　　詩的起首與結束都別具心思。Discovery頻道被認為是極具公信
力的紀實頻道。而鏡頭所見卻是虛擬的恐龍世界，侏羅紀時代發生
的事。這近乎荒謬的處境給讀者帶來了衝擊與思考。收筆忽然極度
柔軟，詩人刻意安排的這種落差，把對一個城市的絕望心情牢牢
釘上。

04　夜色是一部聊齋／葉莎

　　夜半狗狂吠，兩女子浮在月色之中。一個有耳，髮絲垂在耳後
濕淋淋，一個有嘴，嘴唇掀動如雲；此時聽見她們的話語和田野一樣
朦朧，潔白的衣衫讓人以為是雪在月下凝結，而四周的黑不停湧動。

我躲在窗簾隙縫顫慄，深深後悔自己的好奇心像一隻貓喜歡在夜晚出動，兩女子突然發現有人窺伺，不約而同回頭望我，天啊，我不禁失聲，她們都是我熟識的人，一個是死了之後泡在盆中復活的白秋練，一個是當時讀聊齋驚恐的我！

（兩節190字）

蒲松齡的《聊齋誌異》是古代一本鬼怪故事書。角色與情節虛構而脫離現實，卻能劓切而深刻地描摹人性。詩人夜讀《聊齋》，沉迷於〈白秋練〉這個曲折動人的愛情故事中。〈白秋練〉全文約三千字，是《聊齋》中的長篇。當中有趣的地方是，男女的邂逅、分離、重逢、團圓都與詩歌有關。詩末「死了之後泡在盆中復活」，在小說裡是這樣的描述：「如妾死，勿瘞，當於卯午酉三時，一吟杜甫〈夢李白〉詩，死當不朽。候水至，傾注盆內，閉門緩妾衣，抱入浸之，宜得活。喘息數日，奄然遂斃。後半月，慕翁至，生急如其教，浸一時許，漸蘇。」

首節的兩人，「一個有耳」是在聽詩，「一個有嘴」是在誦詩。情節一如小說，但全然刪去了枝葉。經營氛圍，保留色彩，以抵抗小說的書寫。末節讀畢掩卷，頗懊惱自己對小說的好奇心，一時有了「此身須在堪驚」的慨嘆。這即散文詩的藝術特色其一，以敘述呈現而不在敘述本身。

05 偷時光的小矮人／洪郁芬

　　我真實的被欺騙過，也哭笑的愛過。我知道他是誰。駝著背，鄙陋煩碎的小矮人，總是以乞討的眼神舉目望著我。當我成全了他再次的哀求，他便像一把焦黑的火苗將我的心智扭曲成骨甕，收藏了遮蔽夏日漫天的灰燼和毒蘋果的核。我收下他心靈手巧的禮物：北極光打造的寶鑽項鍊、白鷹羽衣、貓拉的金車、安石榴花和黑雪姬蘭的玉露……。在黑暗的地宮，我咬著牙陪他度過一夜又一夜。

　　一秒之間的光靈中，每當我即將抵達那從天而降的火炬形成的皇冠，默想它在我周圍盤旋翱翔如鄉間的白鴿，我便看見他牽引著一條火鍊將珍寶懸掛在我前方的拱廊街。被差遣而來的寵物惡洛斯伏在下方的幽谷，準備將我帶往胡桃油脂肆意流淌的山腹。誰能抵擋世上發著光的石頭或醉人的紫薄紗斗篷，當它們撩起那不復存在的青春之泉，在血脈迸湧的舞台上跳著仙人的圓舞曲？

　　（兩節339字）

　　敘事常連帶人物角色的塑造。角色與事件是雙生的。「偷時光的小矮人」是詩人虛擬的角色，這是小說常有的敘事手法。詩敘述了一件發生在「我」與「小矮人」間的事。為何是小矮人，因為他

是住在我的體內。這又是相當戲劇的手法。

這個小矮人是「我」的陰暗面，代表虛榮、貪婪。所以他的形象是「駝著背，鄙陋煩碎」。我時刻與之鬥爭。詩人以堆砌的詞彙寓示物質的堆疊。符號的統一性便有如購物中心櫥窗內琳瑯滿目的商品的分類。這是詩歌文字的極限呈現。熟悉班雅明的論述，便曉得「拱廊街」的意義。末處「青春之泉」洩漏了這種天使與魔鬼頡頏共存的生命本質。敘事本身的薄弱讓詩意有了棲息的空間。散文的敘述是積極修辭，散文詩的敘述是藝術呈現，這便是兩者的區別。

五篇散文詩作品水平極高，風貌各異。而各有其優良的敘述技法。詩人能在述說中掌握這存乎一心的分寸，呈現出其與散文和小說的距離。英國馬克‧柯里（Mark Currie）在《後現代敘事理論》（*Postmodern Narrative Theory*）中說：「所有的敘事本身就是闡釋。」〔英柯里（Mark Currie）著，寧一中譯，《後現代敘事理論》（北京大學出版社，2005年），頁15〕作品中的敘事即詩人按其意願對語言做有意義的排列，是詩人對外界經驗的一種獨有詮釋，並從而在這過程中獲取其身分。如此即為一篇成功的文學作品。城市的導盲磚與告別色彩的生命，動亂中的弱肉強食與寧靜的夜讀，孤單的靈魂裡對物欲的愛恨糾纏，世界經詩人的詮釋才有了

意義。語言大師福柯（Michel Foucault, 1926-1984）說：「文學就是一場語言的冒險。」閱讀這五篇散文詩作品，其娓娓述說中，確然讓我有這種愉悅的感覺。

（2022年3月14日凌晨2點10分於婕樓）

港澳篇

燈火纏夢讀郁澄

1

　　忙碌的晨昏中，寒冬荏苒遠去。在糾結不止的雨霙和日曖間，城市的溫度逐漸地上升。單薄的毛衣褪去，換上了短袖的純色裇衫。清晨走在杏花邨的海隅，拖著沒有翅膀的日子，感覺昨夜的燈火纏夢仍未消散。日子好像沒有了晨昏，都連成一塊大固體般的天空，有雨點、星子、月亮，也有彩虹、閃電、陽光，一併凝固在頭頂。

2

　　朋友在網路上與我談《葵花走失在1980》這本小說。蔚藍的封面，頂端漆上一個金色的太陽，好刺眼的。書的作者是一位美人，粉紅馬靴，就坐在蔚藍的地磚上，叫張悅然。置放案前，忙中始終

無暇翻讀。昨夜睡前掀翻第一頁。好細緻的文字，好新穎的構想。
「[教堂]那枚銳利的針刺透了探身俯看的天使的皮膚，天使在流
血。那個時候我就明白，這是一個晝日的終結曲。夜的到來，骯髒
的故事一字排開，同時異地地上演。天使是哀傷的看客，他在每個
黃昏裡流血。當天徹底黑透後，每個罪惡的人身上沾染的塵垢就會
紛紛落下，凝結淤積成黑色的痂，那是人的影子。」同一個夜裡，
郁澄的詩稿散布在桌前，白雪般的影印紙上，打印上一粒粒黑色的
鉛字。〈彩虹藍〉中有這幾句：

> 嫣然的梨花紛飛
> 終有一朵
> 落在我
> 閱讀的眸裡
> 讀那眼底一段段藍意⋯⋯

郁澄的詩有一種漫不經心，又與內心勾纏不止的傷痕。大概
她也不完全意識到這種屬於城市人的「傷心」。所以她敲打出的調
子都是淡淡的。而我正要指出的是，郁澄的詩，必得向「細緻的」
「新穎的」藝術方向傾斜，那才能使她的傷痕顯露出來，成就一個
城市人獨有的創傷。

3

納蘭詞裡，有一首〈憶桃源慢〉，當中有如下幾句：「幾年消息浮沉，把朱顏頓成憔悴。紙窗淅瀝，寒到個人衾被。篆字香消燈炧冷，不算淒涼滋味。加餐千萬，寄聲珍重，而今始會當日意。早催人，一更更漏，殘雪月華滿地。」納蘭詞憂悒稠穠的風格，部分原因是來自他對字詞的斟酌態度。當中的「炧」，粵音讀屑，是灰燼的意思。新詩放棄嚴謹的格律，但並不等於用詞可以寬鬆。其中的佳作名篇，字詞都極其講究。而其配合與措置，更常出人意表，出現相當程度的「陌生化」。郁瀅作品中有一首〈風中的歌聲〉，我特把第二節中可點可賞的「字詞」圈出如後：

以結廬的心	「結廬」的心，是想脫開俗世的糾纏，結廬而居。
披一身素潔	「素潔」在這裡有一種無瑕疵的涵義，是保持純潔不受污染。
纖手澆灌出	「澆灌」，灌即以水注入，有極度的渴求感。
一畦青綠	「青綠」是榮，「荒蕪」是枯。即無關乎榮枯都堅持這份追求。
一園荒蕪	

幾乎每個句子都有可賞的字詞。五個句子聯繫起來，又是一番意境。這是詩人寫在塵世生活的一種心境。在「心的田園」背

後，卻有其現實的反映。另一首〈過宏村〉：「就這樣／一塵未染／揣著當初的情懷／等妳千年的腳步／終於叩響了／紋理清晰的門石。」會使人聯想起古詩詞中的那些「謝家池閣」的作品來。如張沁的〈寄人〉：「別夢依依到謝家，小廊回合曲欄斜。多情只有春庭月，猶為離人照落花。」溫飛卿的〈更漏子〉：「香霧薄，透簾幕，惆悵謝家池閣。紅燭背，繡簾垂，夢長君不知。」新詩分行的形式，受西洋文學的影響，是不爭的事實。但其精髓卻應與古風一脈承傳。作品隨時代遞嬗與文化差異而出現面貌的丕變，自是文學發展的正常現象。但如今有的詩人，著眼於表面的差異，並以此「差異化」的尺度來讀詩寫詩，只知道誇炫於字詞與句式的奇巧，而不明作品的「神思」與「精髓」，必得上承傳統。而詩的「風格」與「技法」，卻不排斥現代。

4

從「情緒」與「觀察」兩個角度去看，郁瀅的詩作較同期的女詩人要出色。其原因是，她的書寫是從「觀察」來切入，而大多數的女詩人則只是浸淫在一種虛擬的「情緒」中，醞釀出她們的作品來。

這是一個頗堪注意的情況。寫詩不同於散文和小說，後兩者

總是要求一定程度的「冷處理」，即創作過程中邏輯思維的運用。
而詩，是可以藉由一種情緒來出發，運用一切具有模糊性的「符
號」，令意符如一個處身於磁場混亂的地域裡的指南針，不歇變改
它的指向，並要求讀尋找真正的「南」。因之有可能出現一種若幻
若真的風格，被視為詩的「朦朧性」，具有「不可解讀」的詩味。
若有詩評家煞有介事做出評述，借題發揮，則有可能如「假鳳虛
凰」般，瞞騙了前來叩門的觀眾。郁澄的〈夢外直航〉寫近來氾濫
的鄉愁。末節是：

> 鄉情是
>
> 又一隻小黃貓
>
> 漫步爬過
>
> 印跡斑斑
>
> 耳熟能詳
>
> 囁動的唇
>
> 如何道盡年年朝朝

　　鄉愁給具象化為一隻小黃貓。而這隻小黃貓在整個黑暗的夢
外，顯得十分耀目。那是詩人藉由觀察而攫取的「象徵物」。當
然，這隻貓會走著，留下痕跡，並會發出細微的叫聲，有若唇語。

詩在這裡，便不僅僅是一種情緒的宣洩，而是具有重量的「思想」其中矣。

5

郁瀅喜歡美國女詩人艾蜜莉・狄瑾遜（Emily Dickinson）。狄瑾遜的一生，具有相當的神祕性，近年來已引起詩壇廣泛的注目。她長時間把自己幽禁著，在一個與世隔絕的情況下寫下了一千七百八十九首詩作。我很是喜歡她的一首兩行詩：

> 一封信是土地的喜悅——
> 它否定諸神

這裡不擬探討郁瀅詩作如何受狄瑾遜的影響。至少，我認為，在對待所謂「詩人的聲名」的這回事上，郁瀅對狄瑾遜的看法，是深有同感的。狄瑾遜認為「聲名」是「一隻蜜蜂／它有歌——／也有刺——」。在與《大西洋月刊》（*The Atlantic Monthly*）編輯希金森談話中，狄瑾遜曾說過：「如果聲名屬於我，我逃也逃不掉——如果它不屬我，我求也求不來。」

郁瀅不想介入所謂的「詩壇」裡去。我曾把詩壇形容為一個

勢利鄙俗的「市井」。而她常說（大意）：「現在這樣便已很好的
了，可以隨心所欲地寫詩，與愜意的朋友聊天，而不必為聲名煩
愁。」現在的詩人，不恤百姓，不憂家國，只為詩作能否發表，能
否獲獎，聲名排行幾位，別人如何地褒貶，而憂愁，而怨懟，而做
出卑言劣行。如此，郁澄其人其詩，不都有值得欣賞的地方嗎！

傷逝
——序井蛙詩集《紀念冷水河》

　　井蛙把02下半年到03上半年的詩，結為一集，題名為《紀念冷水河》。

　　井蛙離開了香港這一個疫區，此刻耽在另一個疫區北京。無形的病菌追隨著她，給她的生活帶來躁動不安。她戴口罩、蟄伏不出，低調地起居。我知道，井蛙精神上也有病毒，而她用詩來療傷，如一頭花貓用舌頭舔撫自己的傷口。二月她負傷離開馬來亞半島的冷水河流域，晨昏出入在無人知曉的北京胡同內，用網路與寥寥可數的香港友人聯繫。這幾年，她拿著詩的「居留證」，情願或者不情願地輾轉跑過很多地方。她是一個「自我放逐型」的詩人。這類詩人的作品，「空間感」常較「時間感」來得強烈，詩句會如不斷被砍伐的樹木，有一種形骸殘破而生機滿溢的味道。那是因為空間的轉換較之時間的轉換，更能在「年輪」之外折騰了詩人的生活，發而為詩，便人異俗流。

你會在電線杆上看見成排的候鳥牠們簡單的熱戀
你也會走過楊煉的布達宮
觸摸到我的體溫是經過冷卻的季節流浪
（〈玫瑰失憶的角落〉）

　　詩與散文的分界，論述已多。其中一項應是，對素材「純潔性」的態度彼此不同。詩人應該不是一個「素材」純潔性的悍衛者。郁達夫說過，所有文學作品都是作者的自敘傳。在面對個人大量的經歷事件時，如何看待其「真實性」，這是值得詩人高度關注的。普實克在〈中國與西方的史學和史詩〉一文，談到我國的文學及歷史著作的基本觀點時，說過這麼的一番話，值得參詳：

　　　　創作主要成了事實、事件或作者精神狀態的紀錄。作者應當精確地描寫發生了什麼以及怎樣發生的，而不能加以生發或進行虛構。這樣真實性被降到了對孤立的事實的摹寫，作者對材料的加工，只能囿於把它們重新組合和排列。

　　我們當然不完全贊同作者的意見，至少我國傳統的詩詞中，對創作的「素材」並非僅僅停留在重新組合與排列上。李商隱的〈巴山夜雨〉：「君問歸期未有期，巴山夜雨漲秋池。何當共翦西窗

燭，卻話巴山夜雨時。」蘇軾的〈永樂遇〉：「燕子樓空，佳人何
在，空鎖樓中燕。」都是極佳的具有藝術創造性的安排的例子。

　　井蛙基本上是以一種近似「史詩」的筆法來面對她的往昔。所
謂史詩的筆法，即是「以藝術的形式，尤其是對想像的憑藉，來描
寫事實和經驗，強調獨立創造而不囿於時間和空間的真實性」。當
然歷史事件的真實性和個人經歷的真實性的各自理解有所不同，而
歷史的「大宇宙」與個人的「小宇宙」也有其根本差異。但井蛙的
詩在記敘個人的失意、落漠和創傷時，確實是偏重於整體的氛圍。
〈紀念冷水河〉以長短參差的詩節湊合而成，把整個事件混淆其中：

　　　　每走一步都以墓碑的形式紀念冷水河
　　　　失去翅膀的飛行降落
　　　　空曠的異地水鄉　　（第1節）

　　　　一灘黑色欲沉的水草柔弱在狂濤怒浪
　　　　何處是老鷹的高度
　　　　我只知曉螞蟻的孤獨喜歡仰望點不亮的燈火　　（第2節）

　　　　鏡頭發霉了真實
　　　　世界只剩下我死亡的消息來臨

這最後一滴燕子的唾液

留給結局去守候　（第3節）

採了野花裝飾送別的車程

那些冰凍的泥土把方逝的季候封鎖

我放浪的古典歌謠隔阻著雀橋兩岸

黃葉凋謝錯誤的往昔　（第4節）

日子怎麼過你問

流淌的節奏會懂得欲去的音符

你想作半旗的手勢享受那特殊的葬禮　（第5節）

我願隨風的紙鳶慢慢劃破寸腸肝膽

涸澤之下

再也沒有游動的清晨掀開夜幕了　（第6節）

　　六個詩節中均有具體事實的線索，而每個事實均賦以想像的翅膀。從一節到六節依次為：異地水鄉——翅膀、燈火——螞蟻、鏡頭——燕子的唾液、車程——雀橋、葬禮——音符、清晨和夜幕——涸澤。這是對一個終歸於失敗的「婚禮」的綜合記述。讀者看

不到事件的經過，也掌握不住時間的演發，卻深深地感悟到那種悲愴與創傷。

在面對個人顛簸的歷史時，我感到井蛙在處理她的作品，因其過於謹慎而略顯不能舒放自如。這具體反映在她處理某些片段時，那種不諧協的情況。兩種不同的語言破壞了詩的統一性。

> 我灌了一桶自釀的酒以最克制的熱情
> 坐在馬路中央
> 披荊斬棘的將士般推開橫行的車輛
>
> 紅燈的禁令壓倒一條條爬上心臟的斑馬線
> 是你的神經中樞出了錯還是我
> 惘惘然不知所蹤的漂蕩超越了常態
>
> 他說你像一根漂木
> 你的春天和冬天都一同消逝
> 等待復甦的人睜著眼望見旁觀的無奈
> 只好也模仿無奈的表情站在島上指揮一片路過的雲
> （〈自釀的酒〉）

　　井蛙的詩總體極其優秀，這裡只片面談了一些個人的觀感。我要愧疚的，因為這對她並不公平。她的好些作品，如〈我的死亡等待你的誕生〉、〈撞傷古拉格情歌〉、〈草裙舞和野菊花〉、〈被縛的馬蹄蓮〉、〈燕子巷〉、〈第一場雪〉等多首重要的詩作，我都忽略了。對井蛙，我有種認識不深卻陳舊不已的感覺，我知道她別有懷抱，傷心不輕與人言。去年（02年）聖誕節，我與她及幾個來自不同國度的詩人，在蘇北淮陰市的coffee shop裡寅夜談詩，落地玻璃窗外，馬路欲雪（攝氏零下三度）。那時我想到唐代詩人溫庭筠「江海相逢客恨多，秋風葉下洞庭波。酒酣夜別淮陰市，月照高樓一曲歌」的慷慨與悲凄，氣候和季節雖則不同，但「客恨多」卻是相連的。蛙兒逐水草而居，井只能是一個夢想吧了。至今，我仍不能忘記淮陰夜晚，案上一卷井蛙的詩，一杯飄溢著芒果芬芳的茶，叫我悲傷得難以自已。

　　誰叫它靠近文字
　　而妳的文字早行走在別人防不勝防的舌尖上
　　　　　　──改自〈撞傷古拉格情歌〉（2003年5月4日）

附：《紀念冷水河》前言／井蛙

為何要起這個書名呢？瑪兒問起，我說主要不是因為冷水河，是紀念。

選02年與03年初的詩歌出版，也有個特殊的意義，由於我感覺這段時間的整個精神狀態都處於「想顛覆自己處境」的悲哀。不能，因此悲哀。我在幻想西藏，幻想另一個精神家園，另一個能讓自己不流浪的地方，然而我又很享受這沒完沒了的「流浪」。非常矛盾。

今年的二月底，寫了黑皮書給讓我坦蕩了二十多個春秋的塵世，後來極為溫柔的一管畫筆從天空的彼端仲向呼吸道，雪花似的他們的詩歌紛紛投向這逼仄的「冷水河」畔。又有許多詩歌蘇醒起來了。幸甚。

雪季已過，從冷水河走到人定湖，從熱帶走到寒帶，從原始森林走到古老胡同，大概不是一次簡單的偶然。我的詩歌總是沿著水域和高原來去匆匆，總是繞過快速節奏的城市步調和好萊烏漢堡包式的生活。她再現的不會是現實本身了，但卻是現實仍然存在的關於個人生命的許多問題。

重讀米蘭·昆德拉的《被背叛的遺囑》，裡面有一句是那樣的（關於卡夫卡的小說）：「K有罪不是因為他犯了一個錯誤，而是

因為他被指控。他被指控，因而他應該死。」

　　我把它套用在自己身上，就更顯得它精彩了！這就是我要出版此書的最大的原因。要承諾的是，不管出版的時間是否顛倒，將來的任何一本我的書，都不會重複出現相同的作品。

　　今天子川與瑪兒都來電，問同一個問題：「燕京之後去何處呢？」孟浪兄曾與我說過：「我們都是世界公民。在哪兒都一樣。」（記得說這話時他在美國波士頓，我在香港鯉魚門海旁。）但，博爾赫斯說的比孟兄更能使我安定下來：

　　「我沒有必要向任何人證明我是一個阿根廷人。」

　　　　　　　　　　　　　（井蛙2003年4月8日於北京西城）

　　（詩人井蛙詩集《紀念冷水河》最終未能出版。留下了我這篇序文與她的前言。事隔二十年，我把這些文字拿出來，做個紀念，並想念在美國的她。瘟疫輪迴，彷彿我們也輪迴了。）

幽暗之地談童常

最近整理舊時習作，重新讀了2006年出版的《昭陽殿記事》的序文〈幽暗之地〉。當中有一段我這樣寫道：

> 在漫長的時光流河中，我堅信，總有極少數較那些庸俗詩
> 人、詩評家更有緣分的讀者，因著直覺、敏感，甚或猜測、
> 偶然。得以進入那個幽暗之地，並發現那微弱的光芒。在詩
> 歌中和我一起經歷感情逆旅，和我同樣的感到生命的淒然無
> 奈，而我的詩歌因此得以在冷漠的宇宙中焚燒起來。

在螢幕上翻閱詩人童常的作品時，頗有這種感覺。「後之視今，猶今之視昔」，詩集的出版，有時確然會讓人有這種感慨。童常在生之時活得不快樂，詩評家關夢南說：「詩人1966年9月23日在《中周》（按：即《中國學生周報》）重發這一首作品後，服毒自殺。」（見《香港文學》總332期，2012年8月）這一首作品指

的是〈未知的星宿〉。詩4-5-5-4四節十八行。詩末注有寫作日期：
「五十.五.八晨。」詩人自比為一顆掛在遙遠的穹蒼裡的孤寂的星
子。寫盡了詩人那種遺世獨立的淒然無奈，頗有類於清朝苦命詩人
黃景仁的「悄立市橋人不識，一星如月看多時」（〈癸巳除夕偶
成．其一〉）的千古悲愴。第三節有「而你們是那麼矇昧，那末無
知；直至／瞥見我殞落的光條纔驚覺我的存在」的書寫。我雖未曾
與詩人相遇相聚，未知其容顏如何憔悴，經由文字的述說，詩人那
種傲然不群的形象卻躍然紙上。且看末節：

> 而我只存在於白日失明之後
>
> 這是夜，我發光在迢遙的一隅
>
> 我以冷眼睥睨你們的繁華
>
> 你們的興起，你們的沒落

　　童常的詩歌創作期集中在六十年代。從1959年中到1966年末，
常有作品發表於《中國學生周報》。他的創作量並不高，留下的作
品也不多。然而數量雖少，卻不乏佳作。其題材也呈現一種寬廣的
格局。既憐憫自身，又牽掛時代。既有瑣屑之細雕，復具濃墨重彩
的力度。

　　然詩歌作為文學藝術其高下並不在於題材的輕重或大小，最明

顯的是南宋愛國詞人辛棄疾（1140-1207），細緻纏綿的〈青玉案〉（元夕）與慷慨昂揚的〈破陣子〉（為陳同甫賦壯詞以寄之），呫嗶笑語各有所愛。英國浪漫詩人濟慈（John Keats, 1795-1821）〈夜鶯頌〉（Ode to a Nightingale）的「一嚐便想起暖暖的冬陽／想起花神、戀歌／舞蹈和村莊！」（穆旦譯）和〈致荷馬〉的「宙父掀帷幕讓你住天庭，／海神的波瀾為你而蓋，／牧神教群蜂為你共吟」（余光中譯），人間天上均具知音。可見一首詩中，「題材」所扮演的角色，偏向取悅「讀者的癖好」，而「述說方式」（語言）所扮演的角色，偏向取悅「讀者的學養與修為」。

　　讀者的癖好如何，卻常受當下社會氛圍的影響。六十年後在香港東隅的一個小房間內，深宵翻讀詩人童常的作品。看欄外浮城，燈火已非舊時燈火，夜空彷彿一副陌生的面孔。如〈在香港──片斷的浮雕〉、〈跳樓自殺者〉、〈日暮的當兒──在騎樓上〉等諸篇，自然便映入眼簾。六十年代的香港，對大部分花果飄零的來港人士而言是終點站而非跳板。故而其筆下的香港，是熱土。詩歌自然具有別樣情懷。這與後來八九十年代部分詩人筆下的香港，大異其趣。〈在香港──片斷的浮雕〉有對那時媚殖的風氣的抨擊：「他們就用香檳酒為自己洗禮／沖去來自梅花叢中的滴血的回憶／此後，他們就虔誠的崇拜倫敦的煙囪／倫敦的霧夜……。」（第11-14行）也有對祖國的當時狀況的批判：「那些變了膚色的蜥蜴

們／（他們的尾巴曾斷過兩次）／也一樣忙於攀摘異地的玫瑰／也一樣忙於加入鸚鵡的部落／且把耕牛賣給異邦人做解剖的實驗品／而在霓虹燈的媚眼下踏進酒吧的心臟。」（第5-10行）然詩的起首，卻極為質樸並帶有濃厚情懷：

> 真的，無論在任何季節
> 對岸九龍的山巒都可以遮擋
> 那邊大原翻騰的風暴

　　九龍的山巒指的是橫亙在界限街以北的飛鵝山、獅子山、金山的連綿山脈。那是個看山的歲月。維港兩岸的高樓不多，幾乎從任何的角度北望，都可以看到起伏的山巒，而以「雄獅」為其重心。那時我住在旺角長沙街美寶大廈11樓，可以遠眺港島太平山腰纜車緩緩上下爬行的景況。那時舊樓的天台有孩童在放風箏，街巷中有叫賣飛機欖、磨剪刀的小販聲……，那是我們生於五六十年代的「童年」，如今在「福利社裡面什麼都有，就是口袋裡沒半毛錢」的歌聲中遠去。這首詩卻如此「真實」記錄了那個時代。當然詩歌的「真實」並非等同「實錄」，也不應等同「實錄」，而為紛紜世相背後的「真相」。詩人在書寫中，揭示了當時「香港人」那種既自礙於「中」又不甘附「英」的飄零狀況。

〈日暮的當兒——在騎樓上〉對一幅城市落日的景色描寫得
極具情味。落日是王子，浮雲是趕路客，晚風是浪子，屋宇的煙囪
是站立的人，與老黃貓相伴的詩人在這景色中虛擬了一場熱鬧的聚
會，看似頗不寂寥。然而實情是，與他相依的只有他的影子。詩
的鋪排頓挫而行，走到最後，愈見精彩。雙行一節，十二行的詩
如後：

那熱情的王子玩得倦了
在西山披著彩霞的屍衣安息了

雲，趕了整天的路，也倦了
倦了，走得很慢、很慢

風，這浪子遊蕩了一整天，也倦了
也倦了，連窗簾也吹不起了

在屋頂，孤高的煙囪站得不耐煩了
沒精打彩的吐著悶氣

年齡老大的黃貓，也倦了

也倦了，在石欄上抱著寂寞做夢

而我，和我瘦長的影子
就在這慵倦的斜暉中咀嚼詩做晚餐

　　詩人陶醉於騎樓所見的夕陽景色，在醞釀一首詩。無線條，無色彩，乏光暗，卻有極強的畫圖之美，這便即我們所說：文字所抵達的地方非其他藝術所能致。詩題「騎樓」一詞，充滿著濃烈的地方色彩，為香港殖民地時代的英式建築。「維基百科」說：「18世紀下半葉，英國人來到印度東部的貝尼亞庫普爾（Beniapukur）。這裡氣候十分炎熱，英國人極不適應。於是，他們在住宅前加了一個外廊以遮強光，造成較為涼爽的環境……，英國人稱之廊房（langfang）……，在鴉片戰爭後傳入香港、廣州。」「騎樓」建築是英式建築與東南亞地域特點相結合的一種建築形式。從詞彙到歐化句式，再到內容，這是一首道道地地的香港「本土詩」。

　　那個年代，是歐化句子盛行的年代。其風氣來自台灣「不是縱的承繼，是橫的移植」的現代詩。且看〈跳樓自殺者〉中的句子：

原詩：歐化中文	規範中文
自願投降於命運和地心吸力……（第1行）	自願向命運和地心吸力投降……

原詩：歐化中文	規範中文
靈魂哀泣著遠去（第5行） 而肉體還得留著承受恥辱（第6行） 而眼睛們（第8行）	哀泣的靈魂遠去 而留著的肉體還得承受恥辱 而眼睛

　　這首詩寫一個自殺的人倒臥在旺盛的街頭的景況，反映城市人的現實冷漠。城市固然讓我們過著更為舒適的生活，但同時也失去了許多鄉村生活才有的人際關係。一條仍末冰冷的屍體，吸引了大批圍觀的好事者。他們的眼神，當然不會是唐代詩人李商隱筆下的非梧桐不止、非練實不食、非醴泉不飲的「鵷鶵」（見〈安定城樓〉），而是一群嘴臉醜陋、吱喳雜噪的「烏鴉」。末節的描寫真是精彩，這是令人為之驚悚的一幕：

　　　　而眼睛們
　　　（就像專愛啄食腐肉的烏鴉們一樣）
　　　忽忽的，趕著圍攏過來
　　　從東方、西方，也從南方、北方
　　　麕集著，在喧嘩聲中爭著啄食
　　　死者的臉龐和臂胳和胸脯和腿子……
　　　（就像烏鴉們爭著啄食腐屍一樣）

　　這首詩是「樓梯詩」的品類。即一行的首字向前「上樓」或向後「下樓」的形式。這種形式的白話詩現在已少見，但當時卻是某些詩人偏好的形式。被認為是在枯燥的分行體裡對形式美學的追求。一節的詩意明顯地從一層走到另一層。像這詩末節，上落上之後略微站立，又走下去。悲憤中收結全詩。在這裡童常的二十首詩中，〈熱病〉的形式也是。詩寫疫症降臨，在當下新冠肺炎「封城」下的香港細讀，別有感慨。詩的第6節，一直在「上樓」，詩人在喻示疫症消失之樂觀嗎？在瘟疫時期，傳染病肆虐，詩人用「混沌」、「大叛亂」等詞語，重重批判這個時代。而肉體受苦之餘，人的精神意志得保持樂觀。

　　　此刻，是——
　　　　一個混沌的時代
　　　　一個大叛亂的時代
　　　　　就拋下焚燒在苦難中的肉體
　　　　　靈魂甘做不義的叛徒，遠走
　　　高飛，高飛，又迷失……

　　這裡只談了詩人童常的五首詩。無疑都是上乘之作。童常曾是一個被忽略了的名字，但只要有好詩留下，這種或由於人為，或

緣自命運的Ignore，是不會長久的。同在道路上的我，相隔一個甲子，終於遇上了他，並因對好詩的欣賞，寫下這篇文章以寄意載道。

詩人都有專屬於他的「幽暗之地」，在歲月長流中，也總有不經意的陌生者踉蹌地闖進來，驚醒了長眠中的詩人！

（2021年3月29日晨8點50分於婕樓）

剪裁成面譜，或一場霧
──談招小波的人物詩寫作

　　香港詩人招小波以擅寫「詩人」而知名，其筆下的「詩人面譜」極為多樣，讓我想起粵劇面譜的藝術來。面譜是一種圖案化的藝術，以誇張的色彩與明朗的線條來表達人物的性格特徵。其以顏色、筆劃、造型等而區分不同的品類。譬如北宋名相包拯，其面譜為黑白兩色，額上畫有朗朗彎月，喻其人黑白分明，清廉可鑑。這種造型藝術具有強大的道德審判在。詩歌界有人以詩人做人像攝影，稱「中國詩歌的臉」，其特色是：黑白的大頭照。這種分明的「書寫」帶來了強烈的意義所指。然這兩者都抵達不到藝術的奧義。詩歌語言確實可以走得更遠。

　　在詩歌創作上，我偏愛「模糊的狀態」。但這種模糊不能是詞不達意的，那是含糊不清。若詩人的才華讓詩意具有多種解讀的可能，即便是詩歌藝術價值之所在。文字如一場大霧，帶來了美，並不掩蓋其真，因為藉由好的文字生成的「霧」，待讀畢全篇後會

散去，呈現予讀者一個具體的形象。此時，有人著眼於青黛，有人
翹首於白雲，有人注目曲巷煙火，有人指點大片河山。若非如此，
一如《人間詞話》所言：「霧裡看花，終隔一層。」那即為詩的另
一種路數：重彩濃墨的書寫，線條與色塊分明，豎筆尋焦點。小波
人物詩，偶會飄來一場春霧。如〈安琪〉的「煙斗下的那條花溪／
是屬於安琪的」，以平和的花溪吟安琪的詩。〈雷平陽與瀾滄江〉
的「我與他一起合照／感覺像擁抱著一條瀾滄江」、〈綠色詩人楚
漢〉的「他把一首長詩埋進沃土／與玫瑰色的夢一同生長」、〈哪
個詩壇不煮酒──致魯雅〉的「她像一株／長在彩雲之南的青梅
樹」等等。更多是如面譜的分明，寓道德於文字。一如其所言：
「是詩人名錄的詩意解讀，是以詩存史的生動體現。」如〈我認識
的詩人車延高〉的「他喜歡清晨寫作／腦洞會在卯時打開」、〈虎
嘯出詩歌──致王法〉的「我們的詩都是吼出來的」、〈徐敬亞與
崛起的詩群〉的「今天相遇在張家界／他身後的三千奇峰／多像跟
他一起走來的／那些崛起的詩群」、〈廣州除了有小蠻腰，還有鄭
小瓊〉的「並非所有女工／都可以化蛹為蝶」等等。

　　《詩列傳》是小波的第三本「人物詩集」，繼《小雅》的二百
榜、《七弦》的一百一十一戶，這回再為百位詩人造像，有的狀其
形，有的摹其貌，有的述其行，有的記其事。寫我的一首是八行簡
牘體的〈秀實像一隻高冷的貓〉：

> 秀實是個純粹詩人／曾自稱像貓一樣孤寂
>
> 當疫情熔斷了鐵軌和機翼／他變得更加高冷
>
> 今天約他茶敘／他彷彿剛從冰箱裡走出
>
> 儘管他往嘴巴呷入熱茶／也解不了眼神的冰凍

　　我有對繁瑣事物整合推斷的能力，擅於邏輯辭令，卻昧於社交言詞。很多擦肩而過的朋友因之常感到我的高冷。然能與我交往下去的人，深知我對紅塵之熱愛，並常懷扶助弱者的俠義風。所以談這首詩，是因為於這篇作品而言，我是特殊的讀者，而非普通的讀者。在「作者─作品─讀者」的長短不一的三角關係中，出現了一種接近等邊三角形的狀態。就是我與作者、與作品的距離近乎相等。使我對這首詩的理解，比普通讀者更多、更真實。但要注意的是，這不一定更好。詩人的雕刻刀是如此操作：首節拈出「純粹詩人」為全詩心臟，再引詩人的話塑造輪廓，次節雕鏤外境以為襯托。當中的「疫情熔斷了鐵軌和機翼」寫疫情封關，極具詩味。第三節鋒刃一轉，刀鑿極深。末節委婉一刀，猶如人物繪畫中的「傳神阿堵」。歸結精妙無比。

　　人物詩之妙處常建基於某些「特殊材料」，所以詩人劉川的經驗是「為了不得罪人，我決定詩中儘量不寫人」，恰恰相反，招小波則是「我對丘華棟說寫了你」（見〈與劉川相遇〉）。小波之所

以不避嫌，是因為書寫的分寸量度好。人物詩切忌「過猶不及」。其分寸的把握在「剪裁」之巧手。

　　現代作家蕭乾最為人熟知的著作是《一本褪色的相冊——未帶地圖的旅人》。這本回憶錄曾分別在海峽兩岸出版，後來並有了日文版。蕭乾同時也是一位知名的記者，當中他回憶寫作人物時的心得是：「我的特寫基本上是用文字從事的素描寫生，藝術加工主要是在剪裁上。」素描（Sketch），是單純用線條描寫，不加色彩的畫。文學上的素描（Literary Sketch）指簡潔樸素、不加渲染的描寫（description）。小波的人物詩其強處正在於「剪裁」上。語言有自然蔓生的特性，詩人要在語言叢中下手，既做出神刀鬼斧的修剪，又復有參與造化之功。最好的詩歌語言是：人工化而不破壞自然。讀《詩列傳》，深以為然。

（2021年5月12日中午於婕樓）

幽暗之地，提燈之人
——序招小波詩集《提燈——我寫清流詩人 100家》

　　南宋詩評家嚴羽（約1192-1245）在《滄浪詩話・詩體》中指出，當下詩體繁多，其中的一個重要的品類是「以人而論」。文中列舉了數十項之多，如「王右丞體」、「韋蘇州體」、「元白體」等。當然，以人而立詩體，則其人其詩於詩壇必具相當的影響力。景仰其人，資談其詩。香港詩人招小波幾年下來，以詩人為對象書寫的詩歌，累計已達數百首之多，可以稱之為當代新詩中的「小波體」。我在〈2019-21年度好漢坡文學成就獎授獎詞〉中說：「近幾年招小波的詩歌創作轉向人文書寫中最細微的原點——詩人。其相關的作品已累積達數百首之多。這種書寫背後帶有以人為鑑的藝術性功能。招小波勇敢走在詩歌創作中冷僻的門徑，帶來可觀的作品。」這段簡短的文字，正概括地說明了「小波體」詩歌的藝術特色。

　　這已是招小波第四本以詩人為「客體」書寫的詩集。書名《提燈——我寫清流詩人100家》。漢語「提燈」一詞,由動詞與名詞組合而成,深具優美的畫面。我曾讀過招小波的〈金秋,到北京賞菊——致菊子〉,當中有引用詩人菊子的詩行,如後:

　　　她寫的詩清新脫俗
　　　她喜歡釣魚的蝴蝶
　　　別向上壞頭頂的菊花
　　　盔甲與保護神般的百褶裙
　　　提著馬燈鳥瞰人間的落日

　　「提著馬燈鳥瞰人間的落日」一句,無疑是「提燈」兩字最詩意的演繹。馬燈,即煤油燈,是介乎農業社會與現代化社會間的產物。拈用這個詞,準繩之極,與介乎白天與黑夜間的落日匹配無縫。歷史一個大拐彎,不過是晨昏一霎。此詩技法高而寓意深,可為小波詩集名做箋注。但小波另有一詩〈尼采哲學的提燈人——致施維〉,明確拈出「提燈」兩字:

　　　把哲學表述成詩的尼采說
　　　悲觀主義過於消極

樂觀主義過於無知
禁欲主義過於荒唐

他提倡肯定生命
把苦難當成佐料的
酒神精神

當施維用她釀的美酒
把我們灌至微醺
我斷定她就是
尼采哲學的提燈人

末句「尼采哲學的提燈人」很好地詮釋了詩人施維的人生觀：排除苦難，奔向光明。施維釀的酒叫「洛神紅」。這是一個厚重的詞。「念到深時情自淡，花經開處意偏濃。飄飄弱水三千里，疊疊巫山十二峰。」（見梁學輝著，《粲花館詩鈔全卷》，香港：香港詩協會，2011年）三國時代詩人曹子建被貶，船過巴東巫山，夜遇洛水神仙，終生不忘。我和小波每次造訪中山攬邊「青青農場」，夏聽夜雨，秋賞午菊，每宴必醉於洛神紅，談詩論藝，每致微醺。此詩如荷塘蜻蜓，臨水而至，點水而回。小波詩之自然美，於此

可見。

　　所謂「人文書寫中最細微的原點——詩人」，意思是詩人為所有述說的根源。大部分詩人是漩渦的書寫，寫世相萬象，只有極少詩人離開漩渦，回歸到原點來，寫「元詩歌」（meta-poetry）。在〈我被康雪的詩歌包圍〉中，詩人在第3與4兩節中，引用了康雪的詩句。「我依然要在清晨排空雙乳／多餘的奶水用來澆灌梔子、綠蘿和一片永遠凌駕於男人想像之上的空地」、「而當我真正需要神時／我想我先要親手把神養大」。我要指出的是，小波把別人的詩句，移到自己的作品中，成了其作品的「一部分」。這正是元詩歌寫作的其中一個方式。全詩十四行，康雪詩佔四行，達百分二十八。這是白話詩創作中一個極為少見的路數。移花接木的技法，如果花開更燦，便是雙贏，如果花果凋零，即為負累。之前，小波認為康雪之詩具「少婦之美」，這是詩評中最高級的品鑑。之後，小波認為康雪之詩獨步五省（「攻陷了雲貴川湘鄂」），並將「飲馬香江」。這是詩評中最大膽的預言。在詩歌的手術台上，這是危險的截肢技術，而小波讓康雪的詩在他那裡重生。

　　在書寫中直接錄入他人詩句的情況，並非偶爾為之。同樣的情況還見於〈許昌古城的一株海棠——致海棠依舊〉。詩四節5-5-5-2共十七行。但當中八行是引用海棠依舊的〈製毒師〉，已然佔詩歌之半。這是新詩中的「連體嬰」，姑且稱之為「連體詩」。一首詩

中包含了兩位詩人的句子，共榮共辱，成為了文字的共同體。如此
書寫，讓人眼界大開。全詩如後：

> 海棠依舊
> 是許昌古城的一株海棠
> 在曹操據許昌叱吒風雲的年齡
> 她也升起自己的詩幡
> 把一樹詩歌掛在樹梢上
>
> 屹立了一千八百年的城郭
> 讀著她的〈製毒師〉
> 「他們說，你是一個詩人
> 只有我知道
> 你還是舉世無雙的製毒師
>
> 三千頁白紙黑字
> 每一頁你都淬了毒
> 多翻閱一次
> 中毒就會深一些
> 你，是唯一解藥」

　　而這首震撼的詩

　　寫的是詩人與愛情

　　首節，小波如此評價海棠依舊的詩：如當日梟雄曹操之雄霸許昌。對一首詩如此推崇當不能草草了事，故而引用其詩以證之。在引錄〈製毒師〉之精彩片段（截句）後，末節輕輕補上兩行，正因為意在言外。好詩難以言詮，除了文本外，所有文字都無計可施。〈製毒師〉寫詩人之愛，當有異於世俗之愛，因為其間有詩歌的介入，把愛釀製成讓人甘願上癮的毒藥。海棠依舊佳構於前，小波慧眼在後，以文字成就詩壇佳話。

　　再有〈包塵〉一詩，十七行裡有七行是引用詩人包塵的，佔五分二。小波兩番以他的述說包藏著包塵的詩作：

　　　　有多位詩人評他的〈雨〉：等天空下刀子的時候／我們就有用不完的鐵了

　　　　我欣賞他今天發表的詩：〈張棗寫了鏡中以後〉／詩人們就／寫各式各樣的鏡子／照各式各樣的／妖魔鬼怪

　　這猶如客家菜餚的「豬肚包雞」。讓讀者同時享受到中國便當

那種令人驚喜的發現與味道。以詩評詩，也就是我上面提到的「元詩歌」的特色之一。

集裡有一首〈與海男同城數年竟懵然不知〉。在世間已邁進網路與商業時代，詩人的存活便成了一個異數。真正的詩歌已然與世間格格不入，剩下大部分的文字只在迎合這個庸俗的世代，以求生存。人們只會利用交友軟件尋找同城的欲望伴侶，還有誰會感嘆錯過一個同城的詩人：「我與海男／曾同浴一座孤城的煙火／數年之久竟懵然不知。」小波詩歌的軟肋常在收束處，但這首卻是例外，輕描淡寫卻又蕩氣迴腸：

> 只有滇池的月亮
> 留下我們
> 一年又一年
> 擦肩而過的身影

當下詩歌多病，詩壇成了幽暗之地。小波寫清流詩家，既顯示其對健康詩風的追求，也顯示其對健康詩歌的偏愛。從前讀唐詩宋詞，每遇到極喜愛的作品，都會謄寫在拍紙簿上。好詩不宜解剖，只宜抄錄，這是一個真正詩人的修為。小波成了提燈的人，他書寫詩人，記錄行狀，抄引佳句，成就了詩壇獨一無二的景觀。授獎詞

中「招小波勇敢走在詩歌創作中冷僻的門徑，帶來可觀的作品」正是這個意思。

（2021年11月3日午後6時半將軍澳arome cafe初稿）

（2021年11月14晚口9時45分於婕樓修定）

敘事之必要
──文榕散文詩略議

　　文榕散文詩集《比春天更遠的地方》分七輯，第三輯「夏日
夢舞」收錄散文詩十二首，均為詩人賞讀名畫（9首）與攝影（1
首）、聆聽名曲（2首）後的心情紀錄。其題目與副題如後：

詩題	副題	形式
01夜歌	題李懿殷的畫《石像的傳說》	句子散文化的分行白話詩。
02蝶語	樂曲〈白蝶之舞〉獨白	句子散文化的分行白話詩。多行以段落形式出現。
03脆弱	題詹姆士・韋恩斯的畫《白樺輪廓》	句子散文化的分行白話詩，末行以段落形式出現。
04夏日夢舞	題凱文・柯恩同名鋼琴專輯	句子散文化的分行白話詩。
05夜色斑斕	題一幅攝影作品	散文詩。
06歸來的時分	觀梵高油畫《露天咖啡屋》暢想	散文詩。

07顫動的生機	題畢沙羅的油畫《聖德尼海濱的果園》	句子散文化的分行白話詩。
08獨語	題柯洛油畫《楓丹白露的岩石》	句子散文化的分行白話詩。多行以段落形式出現。
09沉默的夜鶯	題漢特的油畫《女子與香草罐》	句子散文化的分行白話詩。
10純潔的沉寂	題亞瑪·泰得瑪的油畫《廢墟之間》	散文詩。
11生也柔弱：致海洋	題布格羅的油畫《波浪》	句子散文化的分行白話詩。
12走向透明的遠方	題一幅油畫	散文詩。

　　我曾經看過比利時超現實畫家馬格里特（Rene Magritte）的名作《光的帝國》（*The Empire Light*），畫家透過光暗、色彩與構圖，把從前、當下與未來三個時間同時呈現於畫面上。評論界普遍認為他的作品，「將突兀、不合理的物體並列，同時營造一種安靜、近似恍惚的氣氛，藉此表達他對神祕世界的感覺」〔見「名畫檔案」（File of Masterpieces），ss.net.tw〕。《光的帝國》中，屋前的路燈點亮著過去，窗裡的燈火是當下的深宵，而屋後的藍天白雲，即喻示了即將來臨的未來。我曾因此寫下〈屋〉一詩。末節是：「走過的從前／走著的現在／走來的未知／如三個先後啟程的老人／都一併出現在這裡／叩敲著屋子的大門。」（見秀實著，《茶話本》，香港：新穗出版社，1994年2月，頁125-126）這場文字與畫圖的比

拚中，我的詩顯然落敗了。

　　文榕這些觀畫而作的散文詩，其技法皆藉由畫作的內容而聯想及個人的一些往事。這其間，「敘述」是極其重要的，為散文詩必要的藝術元素。時至今日，散文詩的座標仍未清晰。個人的看法，散文詩為介乎白話詩與小說間的文體，居「詩歌─散文─小說」三大文類所組成的三角形的中心點。「敘事功能」是散文詩賴以定位的唯一指標（散文詩的文體座標定位，請參看另一篇文章〈述說與散文詩的文體座標──兼談台灣女性散文詩五家〉）。

　　可見「敘事功能」在散文詩中為必要的存在。分行白話詩因為出現敘事脈絡，形成段落，成了散文詩。散文詩的敘事功能減弱，卻保留了段落形式，成了小品文。散文詩的敘事功能加強，成了微型小說。以敘事的角度而言，散文詩位處詩、散文、小說三大文類的中心點。

　　文榕的〈歸來的時分〉，寫的是梵高的名畫《露天咖啡屋》。梵高這幅畫我看讀過很多次，我總懷疑咖啡屋背後隱藏著一個故事──一個在星夜底下的故事。當然這個故事因書寫者而有異。文榕懷想她曾在這裡與神祕情人的幽會。

　　〈歸來的時分〉
　　觀梵高油畫《露天咖啡屋》暢想

　　我與神祕情人攜手經過這間露天咖啡屋，天上的星星棉花糖一樣地飄浮著，稀疏的行人在它的覆蓋下，宛有一絲倦意。

　　我不介意走至前方的十字路口會否分開，坐下叫了一杯咖啡，全身素服的侍應遞上一張餐單。我的情人不知哪兒去了，他的咖啡已涼。

　　這樣冷冷的星子飄浮的夜晚，心中湧起一種空寂和蒼涼，這感覺卻又帶給我一種隱隱的快意，它一直是我心靈的良伴嗎？

　　很奇怪，街上的行人似無交流，各懷心事，他們在與大自然密談嗎？天空的幽藍讓我想起前景、命運，想起時空和一些恆常的事物。瞧，這咖啡屋窗戶的裝潢多像一個藝術化的十字架啊，那侍應滿懷虔敬之心，這種莊嚴在人生中顯得多麼恰到好處！

　　環顧四周。我不能分辨咖啡座上的人們是在竊竊私語，還是在默默祈禱，那白色桌布過濾了他們的思想，使之純粹。對街的屋子燈火溫馨，人們的日常生活因之改變了嗎？

　　我心緒平靜，念及已走過的路途，和未知的旅程……

　　夜色，深沉。

　　路面上有些小石子，像在與天上的星星對語，樹影隨風搖曳。不遠處的城牆下立著一匹神色靜默的良駒，牠的伯樂呢？

　　這時，我神祕的情人又出現了，帶著他泛紅的雙頰和閃光的眸子。他說剛從遠方的叢林歸來，在那兒，懷念這間溫情的咖啡屋。他說，他整個人生只要在這間咖啡屋度過短短的一晚就足夠了。

　　我們再度攜手。

　　全詩分十個自然段，共一千二百三十五個字元。其敘事情節貫穿全詩：詩人與神祕情人來到了梵高的露天咖啡屋，在十字路口卻分開了，剩她一個人在畫圖中獨品咖啡。而後神祕情人又出現了。情節相當簡單。我要說，這個神祕情人只是一個虛擬的角色，為了敘事而存在。詩要表達的，是對這幅傑作的讚美。其藝術魅力足以令人的靈魂滲進作品裡去。德國評論家萊辛（G. E. Lessing）在《拉奧孔》（*Laokoon*）中指出：「詩歌較重視內容的構思，其他藝術較重視技巧的表達。」畫先不論，文榕這首詩在內容上確然刻意做出了「起承轉合」的鋪排。

　　〈純潔的沉寂〉
　　題亞瑪‧泰得瑪的油畫《廢墟之間》

幽寂的下午，妳來到這兒，一個恍似遠古的海濱。海面的平靜彷彿印證了妳生活的安詳和寧謐。行走於廢墟之間，這些，妳往日精心築起的精神聖殿，此刻如同斷壁殘垣般優雅地凋零在足下，等待妳星點的叩訪，這是妳不想它成為灰燼的理由？

淚水於風中暗湧，在記憶的另一端，信念仍在血中奔流？曾幾何時，往事的利刃也割裂了妳的思想，妳輕輕撫平。人生在世要承載的苦，默然接受，苦難漸漸昇華心靈。

古典的海濱，紫色鳶尾招展，妳彎下腰，感念於一種美好的觸及。突來一陣海濤的悄聲細語，傾訴了世界的廣闊。輕撫水晶頸鍊，純潔萬般思緒，以踏實的步履填平生命的空虛。

廢墟坍塌在寧靜的海濱，多麼慶幸，妳平靜地游弋於自然與藝術的領域。信奉的箴言教妳睿智從容，讓哀傷在廢墟裡低旋，自然之母敞開廣博的胸襟，自有神性的溫柔。

這首散文詩以英國古典主義畫家亞瑪‧泰得瑪（Alma Tadema, 1836-1912）的作品為書寫對象，有四個自然段共三百三十三字。香港學者陳德錦說：「文字也許不如顏色那般奪目，但文字所能創

造的技巧複雜程度比其他藝術有過之而無不及。我們不常發現建築中含有『倒敘』，音樂中具備『反諷』，色調裡藏著『隱喻』，但在文學作品中這些技巧用得很廣泛。」（陳德錦著，《文學面面觀》，香港：獲益出版事業有限公司，2003年，頁10-11）詩歌當然也重視技巧的表達。顯然，文榕把亞瑪‧泰得瑪的油畫「廢墟之間」的「廢墟」作為隱喻，指現實世界。第二段為插敘，寫記憶中的往事。而作品背後暗藏一條極其薄弱的敘事線索，呈現出連貫的動作：行走─落淚─彎腰─（佇立）。

在〈夜色斑斕──題一幅攝影作品〉中，有這樣的書寫：「室內空著的椅子讓人想起一個久遠的故事」；「提筆寫下你的姓名──你們的故事，伴隨每一季的花香，飄向海角天涯……」。攝影作品裡的那株「樹幹已褪下它翠綠的衣裳，枝椏間閃著點點寒光」的樹，被詩人移植於窗前，並因此而懷念那個「你」。散文詩常有人物角色的出現，為的是敘事之用。這篇懷人之作，那個人只存在於詩人的思念中，未曾現身。而作品的敘事，同樣只存在於文字的背後。

十二首作品當中，〈沉默的夜鶯──題漢特的油畫《女子與香草罐》〉〈顫動的生機──題畢沙羅的油畫《聖德尼海濱的果園》〉等八首均屬具有散文化句式的分行白話詩（見上表格）。很顯然，文榕以一個寬鬆的尺度來定義散文詩。這是一個作家的權

利。寫出個人心目中的作品，既是創作上的自由意志，也是「文本」（text）的究極意義。但作為評論家卻不能擁有這種自由，他必得盡可能地為文體確立定義，找尋出文體的藝術特質，從而相對客觀（相同的尺度）地做出評論。散文詩的文體座標，一如前面所說，處於三大文類（詩、散文、小說）的中心點。文榕這些散文詩，於抒情的基調中加入恰如其分的敘事功能，成就了不同於大陸與台灣散文詩創作的另一路徑。

（2022年1月8日凌晨1時15分於婕樓）

語言與隱喻
──讀陳德錦詩集《疑問》中的幾篇作品

對詩歌生存的境況有時我是樂觀，有時我卻很是憂心。近讀《文化視野中的文藝存在》[1]一書，談及文學的語言時，有這樣的一段話：

> 歷史發展到今天，我們更為信賴的仍然是用文字來記言記事，表情達意，面對圖形、圖像媒介，只是看重其直觀性與愉悅性。即使到了今天，科技手段的高度發達、影視和多媒體的相當普及以致圖像已經成為了傳遞訊息的主要載體，然而我們哪怕是受過高等教育的社會精英，閱讀、思考、表述等所依仗的工具依然是「意蘊閡深」的文字。人們普遍認為，語言作為思維的工具要比形狀和聲音好得多，有的學者更認為語言是唯一的思維工具。

在科學與經濟強大的陰霾底下，文學所有的力量似乎都應該歸結到語言上。語言成為文學存在的唯一理由，詩歌，尤其如此！

歲暮整理家中書櫃時，抽出了香港詩人陳德錦04年出版的詩集《疑問》，[2]內分五卷，分別是：卷一《祕釀的回憶》、卷二《詩學》、卷三《節氣》、卷四《動物》、卷五《街道》。因為生活的轉變，常中的〈貓〉是最先吸引找注目的。

> 有一種偷襲的欲望在內心成形
> 卻悄悄地溜到樹，搔搔脖上的短毛
> 遠離是一種防禦，它觀看那些
> 瘦骨嶙峋的同類包圍著一小罐食物
> 叫了一聲，不像在呼喚自己的族類

這是詩的末節，詩人藉此寫此貓的不同其類。末行尤其深刻。貓叫的一聲，按理是一種「貓語」，但詩人卻主觀地判斷：不像在呼喚自己的族類。至此才合理地解釋了詩人的書寫。引用此詩，我是想說明，詩歌的語言就應該這樣，不能呼喚自己的族類，重現一種眼底的現實，而應以此探索一個真實世界。其實，所有真正的詩人都應該是一個「孤絕的作家」，用自己的語言來詮釋這個世界，就如詩裡的那頭虎紋、短尾、金身的貓。

　　在另一篇〈詩學〉裡，詩人談到詩歌的煉詞，說：「你手上的方塊字浮華落盡／不動聲色，要為我們鑄造情感的模型。」這裡的「不動聲色」很有意思，詩人賦予了語言另一種涵義，原先的聲與色沒有了，詞語的聲音與色彩都靜候著而將會與別不同。

　　詩歌的語言是一種隱喻，〈吃橙〉裡的「釀造一場最甜蜜的水災」，便是所謂隱喻的語言。詩人吃著故鄉橙，嘗到甜蜜，也同時想到水災。橙汁來自地下水，與江河的水災同為一源。意思既是合理合情的，但也是推陳出新的。這便是詩人對事物的察覺。〈立秋〉裡的「你再認不出離開時的路徑／黑夜會迎接你，刪剪你的背影」，也是隱喻的語言。因為詩句的涵義並不止於對一種現象或一種事態的敘述，而是延伸至文字背後的蘊含。前句固然如此，後句「黑夜刪剪你的背影」更有言外之意了。這是詩人對事物的發現。阿根廷詩人博爾赫斯在談到「隱喻」時，舉我國莊子的「化蝶」為例，認為莊子選「蝴蝶」，是「一個最適當的詞彙」。但因之他進一步說：

　　　　所有的文學無不是由種種技巧所構成的，長時間下來，這些
　　　　詭計都會被識破。[3]

　　優秀的詩歌，其語言固然是一種隱喻的語言，也同樣是獨特

的，與眾不同。而這關乎詩人對世相的一種發現、一種察覺，這是
事物間關係的重組、秩序的重建。詩集內有一首題〈當我沉默而疲
倦〉的作品，清楚述說了當中的奧妙：

> 詩歌據說也是一種語言藝術
> 但我發覺詩歌比任何語言更曉得逃避自身
> 詩歌不去確指什麼，只能暗示關係

詩歌語言的特質，就是這樣。生活中，我們通過語言去述說
時，語言不過是媒介，帶領聆聽者從此岸抵達彼端的一個意義；而
詩歌卻不如此，它只呈現了事物間的關係，其意義即在語言本身。
另一方面，〈當我沉默而疲倦〉也是一篇相當「奇妙」的作品，值
得我們深思。要知道，詩歌的創作實踐本身便是一種具言說的行為。
這裡，詩人刻意以一種「散文的句式」來進行對詩歌語言探討的述
說，作品本身便充滿了無限的反諷。詩句雖則散文化，詩意卻極為深
刻，這是詩人對語言的功力。當輾轉而下時，詩人談到詩歌與愛情：

> 我這樣說不是叫你不相信詩歌或語言
> 而是奇怪你為何寧願選擇不相信愛情？

　　這裡的愛情，是寓意人間一種最深、最真摯的情愫。而這種情愫能否以語言來呈現，或該如何的藉語言來呈現，這裡涉及一個「事實」，或云「真實」的問題。真正的詩歌已擺脫語言所有的羈絆而直戳世相。坊間最近有一個廣告，很能與這個問題相為發凡：

　　俊男：我愛妳，難道妳感覺不出來嗎？
　　美女：你愛我，就要說出來！

　　我們說，前者是「詩」的，後者無論如何地竭力堆砌詞藻，都是「非詩」的。我相信，所有忠誠的詩人面對大千世界時都能深切地感到語言的無能為力。語言在悠長的文化和歷史的發展中，已由自身中衍生了許多局限和掣肘。但矛盾的是，我們又不能不依靠語言來溝通，來談情說愛。故此詩人隨後慨嘆，當他開口把愛說出來時，已非原來面目；尤為甚者，有時語言更會顛倒原意，把「愛」變作「不愛」，那是語言一種隨時可能出現的險境：

　　　然而當我開口，就有一種虛空
　　　我變成了另一個自己，我用語言
　　　建造我不愛的理由。（省略）

到最後，詩人在語言與真摯情感間，做出了這樣的辯證：

> 即使你盡心盡意，參與各種社會活動
> 在公文、法令、獎狀和心理報告裡
> 認定自己，你也不過是一副機器
> 你若遇到真愛，你可活在語言中
> 你若找到假愛，語言是一座迷宮

對那些詩壇活動家，可謂一闋暮鼓晨鐘。因為這一切的歌功頌德，其實與詩歌無關。要知道，詩人以作品傳世而非其他。另一方面，許多詩人仍游走在自己語言的迷宮中，他們對自己的詩歌也是迷惘的，不知其為何物，只是欺騙著自己和讀者。最末兩句，表面寫的是真愛與假愛，實則是寫真詩與假詩。簡單的理解是：具有詩歌語言的方為真詩，反之只是偽詩。首先，詩人的內心必得與世界做直接無間的連通（感通），而連通的關鍵，在內心的澄明不受聲名、利欲和權位的污染。優秀的詩人，是「活在語言中」！

在〈後記〉裡，詩人說：「我希望有人把這幾卷詩當作平平無奇的散文來讀，那就最能貼近我的寫作動機。」寫作到了一定的境界，作者心裡已打破了文類的界限，其思考、其語言已然是一種隱喻語，不甘平凡，不隨世俗。一卷《疑問》，可觀可喜者甚多！

注釋

[1]　蔣述卓等編著，《文化視野中的文藝存在》（北京：中國社會科學出版社，2003年），頁159。

[2]　陳德錦著，《疑問》（香港：匯智出版社，2004年）。下面所引的詩作均出於此詩集。

[3]　博爾赫斯著，《博爾赫斯談詩論論藝》（上海：譯文出版社，2008年），頁34。

巧・光滑・未焚燃
——席地詩印象

　　我有的詩人朋友喜歡拿「詩人」為書寫對象。同為詩人總有一定的共通性，這種獨特的書寫應以共通性為基礎，而尋找出其個別性來。某次在互聯網上與澳門詩人席地聊天，興致忽發，寫下了〈席地掃描〉一詩；詩八節，節三行，共二十四行。當中涉及他的詩歌，摘錄如後：

　　　　他的詩從來不完美，這是他詩歌的特色／我這樣評價時等同於對詩藝／某種程度的認可。他巧，必得以巧言應對之（第2節）

　　　　語言是乾淨的，光滑的／因之摩擦不出火花來／然他的詩是真實的恐怖　（第6節）

　　　　他不曾察覺，漆黯中任何火花的美麗／所有文字不過一堆枯枝／欠缺的是焚燒至死　（第7節）

　　這些詩句歸納了席地詩歌語言的特色：巧，光滑，未焚燃。巧
相對於樸，光滑相對於詰屈聱牙，未焚燃相對於一場烈火。

　　席地詩仍未結集，但他時常把寫好的詩傳我分享。其中一首我
大致記了下來，那是〈空白〉。〈空白〉是一首能讓人再讀三讀的
詩，因為其所提供的「訊息」須讀者運用自己的「方法」來找出答
案。這正是席地詩歌特色的所在。既不全是明確意義的傳達，承擔
沉重的詩教；也非紛紜世相的呈現，撥雲見天，抵達真相；而是介
乎其中，在傳遞訊息與呈現之間，讀者可以回去擭取某些訊息，也
可以前行抵達世相以至真相。此詩三節5-7-3共十五行。簡單歸納一
句：人生不過是一場空白，終究一無所有。席地詩的語言是生活化
的，並非傳統詩家語的那種或綺麗或秀逸的風格。此詩的述說有如一
齣「獨幕劇」。把對生活的多義性極其具體地演繹出來。且看如下。

〈空白〉	解說
每當我向前走上一步 原來那位置便留下了一片空白 那曾經的棲身之所 承載過我身上所有的重量 如今那地方空白了	（第1節） 過去的已不復存在，其本質是「空白」。
我朝他跨過去 身後，便製造出了另一片的空白 一個人走過	（第2節） 生命不斷地過去中，「空白」便愈積愈多，並不為你所擁有。然世間人都

〈空白〉	解說
又一個人走過 我看見那空白站了起來 點了根煙 對走過的人群視若無睹	對此視若無睹。「空白站了起來／點了根煙」，是極駭人又具藝術意味的敘述。其與李白〈月下獨酌〉的「對影成三人」異曲而同工。
我學他點了根煙 想著：如何用一個身體 去填滿前後的兩片空白	（第3節） 首行是對生命過去的認可，詩人並且表示了欲變改現狀的想法。

　　我們習慣把詩歌粗略地分為抒情性與思想性，並以語言「自身的美」作為詩歌藝術，以思想或感情為「骨骼」。席地的詩傾向思想性（哲理）。然所謂的優秀的詩歌同時兼有語言外象與思想內蘊，而兩者應是渾然一體的。一言蔽之，所謂思想性或抒情性其實均取決於語言之形式，這便是「[詩歌]除了語言，別無其餘」的意義。席地詩歌擺脫傳統的抒情，而追求現代性的內溯自我和外探現象的路向。其特色來自場景的虛擬手法。〈演戲〉中，寫猜疑心重的妻子，詩人搭建了一個簡單的場景：

　　妻子將電影關掉

　　問她那演員丈夫：

　　為什麼你從未用戲中的眼神看我？

丈夫說：那是戲
妻子不依，兩人冷戰起來

直到一天丈夫拿著束玫瑰
來到了妻子門前
用那深情的眼神望著他的妻子
妻子卻打了他一個耳光，說：
你在演戲

　　詩具有哲學的多層意義，讀者可自行發揮。然而，詮釋的舟子不能遠離渡口，否則所謂解讀已與文本無關。這是「作者─作品─讀者」間賴以維繫的線索。作者製造了小舟（作品）然後離船，每個登船的讀者都得乘作品之舟出發，最後它得返回渡口，而不能就此消失在煙水茫茫中。席地寫詩，即如造舟，具體可見，十行詩中，包含了八個動作。美國評論家瑪麗・奧利弗（Mary Oliver，1935年9月10日─2019年1月7日）曾說：「每個形容詞和副詞都值五分，每個動詞則值五十分。」（見奧利弗著，倪志娟譯，《詩歌手冊：詩歌閱讀與創作指南》，北京：聯合出版社，2020年）這是席地詩的特色。詩人明白動詞總比副詞或形容詞來得更有力量，更具體的讓人留下印象。我復翻閱對話框，往上捲動，找到一首〈教

堂〉。如後：

> 在西班牙
> 一個93歲的老人
> 每日裡愚公移山
> 一顆一顆石頭地
> 用56年建起了一座教堂
> 至今仍未竣工
>
> 他一輩子只做這一件事
> 他相信神
> 把一切獻給神
> 因為他沒學過建築
> 他相信一個大字不識的農民
> 是沒辦法建起一座教堂的

　　揶揄宗教並不是詩，委婉地揶揄神聖的宗教，才是詩。口語詩因為全然直白，無委婉，無隱喻，無象徵，所以只是分行的文字。席地託事以諷，符合國風之旨。西班牙一位老者，自三十七歲開始信教，五十六年間虔誠勤懇，猶如陶侃運甓。但仍不得其門而入，

因為他的教堂仍未竣工。我們都說，兩個基督徒祈禱等於一個教會。然世間的宗教可不這樣，是一個權貴場所。純樸的農民並無專業身分（學過建築），便永遠被拒於教會門外。席地詩就是這般造「事」為錦衣，包裹著「哲理」的軀體。

〈論代溝的完整性〉一詩中，事情的設想令人吃驚。「造事」猶如園林藝術的「造景」，其最高技法是借山借水。詩人所造的事，同樣應借世間之事之人。當然，詩中的事並不等同詩人實際的經驗，只是構想而成。「詩歌開始於經驗……，它們是想像的構成……，忠於實際經驗，並不一定有幫助，它常常是一種阻礙。」（同前）然而優秀詩歌的可貴即在於這種虛構的真實，它是詩歌作為藝術的一張通行證。於席地的作品中，這是結構比較複雜的一首。詩8-7-8-7四節三十行。如後：

> 譬如，／有時候當我饑餓／我會吃掉自己所看見的／並將他保存下來／在黑暗處腐爛／往上追溯至祖先／或往下——／孩子成了我的食糧
>
> 我們互相吞噬／當他饑餓，我將一隻耳朵切下來餵他／當他飽了／便同樣將他的一隻耳朵切下來，餵我／吃完一隻耳朵後／另一隻新嫩的耳朵／便從缺口處長了出來
>
> 在一隻耳朵消失／而另一隻耳朵還尚未長出來前／我們

掉進了那個耳朵與耳朵間的空白／偶會錯過幾句話，或一個詞／我讓他再說一遍／直到耳朵接住了那個詞語／我們用嘴巴複述／並演繹成新的事物

　那個剛剛咀嚼完耳朵的東西／此刻，確認了事物的完整／如此，於是乎：／你好／（這是破折號還是我呢）／（已經不重要了）／也開始有了你好的重量

「代溝」為熱門的現代城市文化現象，兩個世代間鴻溝的深淺卻一直在變動。因為時代的急促發展，當今代溝的形成可能縮窄至三年半。以詩壇為例，每五年便有新一代詩人出現，他們詩歌的風格與上世代的已大異其旨。詩人如何詮釋「代溝」？他借用了「器官再生」的尖端科技來說明。讓這首詩具有極其別樣的趣味。科學家曾經以老鼠為母體，培植出人的耳朵，詩句「吃完一隻耳朵後／另一隻新嫩的耳朵／便從缺口處長了出來」，絕非無中生有。我讀過英國諾貝爾文學獎作家埃利亞斯·卡內蒂（Elias Canetti, 1905-1994）的散文〈耳證人〉。諷喻某些人總是以耳代目去論證事物。文筆充滿了漫畫式的誇張與詩意般的機敏，盡顯人性深處的荒謬與執拗。席地此詩同樣有極強大的修辭力量，令人慄然而驚。詩題「完整性」一詞，便是嘲弄陋習的代代相傳。詩即以此發揮。當陋習成了習俗，大家便習以為常了。「耳朵」在這裡成了象徵，資訊

爆炸的年代，口耳相傳的力量更為強大。耳朵本為人人「可見之物」，詩人卻寫成屬於自己的「獨特之物」，成就此優秀篇章。

　　這是席地詩歌極為工巧之處，而其句子相對簡潔明快，不若那些長行長句的繁複。語法中的「複句」極少在他的詩中出現。其詩在書寫對世相的觀察與思考，偏於理性。冷靜勝於熱情。他的詩，若尼斯湖，若平靜的湖面卻沉潛著凶猛的水怪，而非一場熊熊的篝火，在夜裡焚燃。

　　　　　（2022年1月11日午後1時於將軍澳爆米花購物中心KFC）

大陸篇

坐山觀虎
──讀王法詩集《東北有虎》

　　《東北有虎──王法詩歌精選集》在疫情嚴峻下自冰天雪地的
東北，伴隨虎嘯來到南國的香江。從前讀章回小說，每有東北吊睛
白額虎的片段，便特別沉溺。我曾在南方的韶關市參觀過華南虎養
殖場。那巍然於崗上的山君，不動而自有王者氣派。我喜歡「東北
有虎」這個詩集名，同樣是巍然於書叢中而自有王者氣派。

　　此詩集厚逾三百頁。前五輯錄入詩作，第六輯是評論其詩的
二十一篇論文。其對王法詩歌之條分縷析，已然粲然大備。這是美
事，可以讓我行雲流水般抒寫一些讀詩觀點。如後。

　　第一，王法的詩已然達到的一個文字自然而然的生長狀況。詩
歌寫作有一個斟字酌句的階段，這階段一般偏於冗長。古人寫詩，
認為字斟句酌極其重要，所謂「兩句三年得，一吟雙淚垂」（唐代
賈島），強調學養的重要。有的詩人終其一生都在尋章覓句，成就
名家；但少數的詩人卻是偏離斟酌的推敲的境界，而邁入一種隨性隨

心的狀況，詩人王法有類於此。如：〈影子和我〉，第三行忽爾有「它是誰，蛇一樣的卑微？」（頁50）；〈啞劇時代〉，第四行忽爾有「那猴子來自神農架？」（頁98），其無痕鏈接若此；〈走進田野〉三節六行，風如何由綠到黃，校舍車輛嘈雜聲在眼前又為何消失，讀者卻覺得其自然合理：

　　走進田野走進草木
　　　一些翅膀在我身邊飛翔

　　風從綠到黃
　　季節拒絕生長

　　遠處的校舍、車輛，和嘈雜聲消失了
　　我在蜂巢裡美美的睡著了

　　　第二，王法的詩歌從形式至於內容都不凡。對詩我們常做二元式的談論：內容和形式。這無疑是一種局限，有時更會是一種錯誤。我主張形式（包括語言），是白話詩作為藝術的存在理由。王法許多詩作，常有「意到筆到」的流暢，形式與內容之間，已無縫合的痕跡。雖知詩若著力於長行長句便容易流於雕鏤之弊。王法深

諳此理。其〈鄉愁〉末節,「川丁魚和小蝦米是野鴨雛眼裡的小火星」(頁224)詩人「意到」野鴨再到雛鴨再到鴨眼,「筆到」便如此而成。又如〈秋〉的「我關閉日落/洗滌成灰的/五臟六腑」(頁116)詩人「意到」回家掩門再到炊煙再到饑餓,「筆到」乃成就如此新穎之句。因為這種意到筆到的境況,隨意而行中句子便可以長延也可以短剎。當許多詩人(包括提倡「婕詩派」的我)在考量句子的長短時,詩人已安然掩卷,手執撫松縣之人蔘茶,面對為雪封頂之長白山。且看〈秋天的孤獨〉(頁82):

> 它是一個忠誠的夥伴
> 從不介入你的塵事
> 與天、與地、與人、與狗、與謊言和蟲子的對決
> 也不在乎你的口臭會染黑哪一片山河
>
> 水僵了。山僵了。再也喊不出一紙判　任由
> 它在一片訕笑中化為烏有國的虛詞　化為
> 生死不由己的風聲和遊絲
>
> 秋天不必操心西行情人將為你打點行囊
> 路上請保存好你的孤獨和童貞

在黑色的比丘國裡它將為你指點餘生的行程

秋天真好。孤獨就藏在漸冷的局外

　　詩真好，真是無瑕，這是一種行止隨意的境界。第三行，下頓號。第五行，下句號。第五、六行，不下標點符號，空一字格。當下詩人，誰敢如此任意而能成就如此優秀之篇章。

　　王法有一首叫〈做一個詩人〉的，心隨意轉，既自嘲，也諷喻：「必有一張過硬的履歷／出生地：荒山野嶺／出生時間：黏夜／相貌：青面獠牙／體格：骨瘦皮糙／擅長：茹毛飲血／理想：翻江倒海／性格：暴戾、多疑／愛好：裸體、好色／職業：寫詩、殺人。」（頁56）詞都是貶義，其在反差一種道德虛偽下之真誠。當代詩壇鬼魅橫行，誰大誰惡誰正確，詩人如斯嚎叫，就是驚天地、泣鬼神。

　　王法於詩堅定無疑，其人其詩一致，實為當下詩界珍貴之極少數。

（2021年2月22日凌晨1時10分於婕樓）

黛色一生中的四月

　　詩歌的藝術在語言的述說，這是2000年以來我牢固不變的看法。所有不同的流派主張，最終都得回到「新詩獨有的述說」上。一個獨一無二的世界將在獨有的述說中誕生。新詩以「漢語─白話─分行」面世，必有屬於其獨有的述說方式才成立。否則方塊字何以，白話何為，分行何故！而尋找到「屬於個人的新詩述說」則是任何一個新詩寫作者應有的自覺。

　　詩人黛色一卷《春天的枝丫》掛在深宵的電腦熒屏上。我在寂靜中慢慢捲動著。這讓我想起機械照相機的膠卷來。我們一幅幅地拉動，然後按下快門拍攝。每一首詩，其實就是一張膠片。而文字比膠片保留得更耐久而真實，包含了歲月裡某些色彩、光暗與溫度。詩抵達得更遠，有顆粒，有紋理，有密度，但相互間又有空隙，能引發無限。黛色的詩，正如此這般地具有「意象的思維」。換一種說法，是在文字中看到了「形象」。看到春天的枝丫慢慢長出了小葉，茂密，葳蕤，成蔭。就在那一天，2020年四月十三日星

期一雨夜，詩人在忙碌中想到生命的「存在」。平常我們只是活
著，為生計，為親朋好友，而不會觸及存在。但詩人忽爾感到生之
孤獨。真正的詩歌，總是與孤寂結下不解之緣。有這麼的說法：詩
人並不懼怕寂寞，是寂寞懼怕詩人。〈四月〉一節十二行，關鍵詞
是「虛空」（第5行）、「夢想」（第9-11行）、「嘶鳴」（第12
行）。詩很好地把一個人的夜晚全盤托出。詩起始以驚人之語，雨
夜，詩人枯坐桌前，無路可逃：

　　走，去那裡，腳步發出指令

　　簡單的話語是內心的聲音

　　桌上靜止的水杯

　　流動延續生命的液體

　　我痛飲了一些虛空

　　不在黑夜說電閃雷鳴

　　還有河流，雨滴，舊日的光和影

　　那些植物，已習慣黑暗中的眼睛

　　我提供了夢

　　餘下的時光中

　　只是想

　　向足以明瞭的世界發出嘶鳴

　　詩巧妙地拆開了「夢想」一詞,這是擅詞而極細緻的書寫。
我想及自己詩〈灰燼〉中類似的技法:「詩行寫得慢了,及不上星
火的燃燒／我已成了灰燼,想沒有了,念仍留住一半。」(見秀實
著,《昭陽殿記事》,香港:匯智出版社,2006年,頁39)句子恰
恰相接。天涯淪落,詩歌有時真是生命裡的奇蹟,源自文字又落於
文字之外。此詩末行拈出「嘶鳴」,真詩家之語,恰如其分地寫出
了無奈的吶喊。

　　同日,詩人另有一篇〈四月〉,只有八行:「我可以用一生
中的四月／寫每一個月的自己／這是必須留住的／寫完四十歲的生
命／我會在以後五十歲時說／看,我一無所成的留下最大的功績／
我們活過了這段時間／是風中的祕密。」光陰無形無色,一月短十
年長,都這樣過去。古人說,白駒過隙。形象躍然。詩人換一個手
段,以存活來引證華年老去,只是仍舊可以立在風中。以一無所成
的生命來反映這個世道的不堪:人能活著已是最好。集裡另有一首
同題詩〈四月〉,寫於2019年四月二日。三節六行。是一種心情的
寫照。詩人在懷念一個人,清晨鳥鳴聲中彈琴,彷彿若有回音,這
些回音是我所懷念的人。而最終我們知道,詩人懷想的是母親。面
對無形的事物,深諳詩歌技法的詩人才能這樣寫:「彈三個音符／
回音是三個。」

　　四月是別具意義的,只因詩人誕生於四月四號。〈四月四號〉

是生日詩,一節十行。春天注定與詩人結下了不解之緣。生命總是
煩愁的多、憂患的多,所以要活得簡單快樂。明瞭到所有事物都只
是自己在意,而無關他人。最終詩人悟出:「人生在一個房間轉
圈。」房間的意義是什麼?是一個可以關窗閉戶,與外界完全阻隔
的空間。這個辛丑年,我也寫下了我的生日詩〈孢子〉,而我的領
悟是:記住我的詩,把我遺忘。詩的末節:「把餘下的日子扭成蜷
曲的姿態/吃多種藥錠壯大肉體,待孢子消散時/冷巷的燈熄滅,
城市便把我遺忘得乾淨。」黛色詩的末節省悟對傷感的終止:「有
些旋轉的傷感由春季開始/應該止於春季。」詩人對時間與空間的
感悟,總是過於敏感。我要指出,黛色詩歌的形式與意義,已然具
有不能分割的一體性。俄國評論家烏斯潘斯基(Uspenskij)這樣解
讀詩歌的意義:「符號與表徵在來回對譯過程中的一個恆數。」許
多詩歌出現了形式與意義的剝離,而黛色的「城春草木深」卻是如
斯自然而然。

　　詩卷中指涉四月的作品,為數不少。如〈信〉的「寫完四月
的信」、「給四月寫了最後一封信」,〈再次遇到〉的「在四月,
陽光替我笑過,我只用站著/口中喃喃的向土地解釋,葉子有離開
根的理由/根有著存在之下的神祕」,〈寫下,私藏〉的「一個求
知者在清晨翻看一本/關於草原的書/冰冷的風吹過,在四月的黎
明上空」,〈紀念日〉的「冬夜/一團火,一束光/向著月亮燃燒

／像春上四月的開放／喚醒聖潔雪山上沉睡的格桑」，〈一千片樹葉〉的「我只能祈求記憶，保存它們原來的模樣／並甘願奉獻一生／化作風帶你到春天四月的山谷」等等。於詩人黛色而言，四月成了一個神聖的節日，需要以詩來奠祭。美國評論家希利斯‧米勒（J. Hillis. Miller）說：「一首詩就是一種證言，它做出見證。」但值得注意的是，詩歌的證言常運用修辭。真正寫詩的人都知道，新世界的誕生是經由修辭的語言來實現的。四月，英文April，經由黛色的詩而誕生。

蘇聯作家洛特曼（Lotman）把「寫作手段」界定為「一個結構成分及其具備之功能」。而，希柯洛夫斯基（Sklovskij）進一步闡釋：「文學作品不過是手段的數學總和。」詩作為文字的藝術，其形成當然離不開詩人的手段。黛色詩歌最為成功的手段是，布下錦繡的文字，讓光陰通過其格子中，篩漏而去。從此黛色的四月，青墨依舊，永不消散。南朝宋詩人鮑照〈登大雷岸與妹書〉有：「從嶺而上，氣盡金光。半山以下，純為黛色。」十六個字把美色永恆留住，優秀的詩歌，自有如斯魔法手段，讓世界永遠鎖在琥珀般的文字裡。

在評說黛色作品時，我兩番談及自己的詩。當日潯陽江頭，詩人白居易因為琵琶聲而興「同是天涯淪落人，相逢何必曾相識」之嘆；我從黛色的文字中，竟也找到了近似的情懷。我詩的關鍵詞是

「枯槁」、「灰色」，而黛色詩的關鍵詞是「寂寥」、「隔絕」。
同是這般淪落，今夜竟相逢於文字，遂為文記之。

（2021年11月5日零時40分於婕樓）

法中有我，詩以載道
——詩話林鴻年

　　詩歌之為藝術，殆無異議。若把一首詩置於手術台上做「庖丁解牛」，總可以讓人看到字詞間某些組合的序列與牴牾，其複雜的紋理與牽引，或有時呈現脫鉤、掉線、錯色等等失誤或刻意。凡此即詩之技巧所在。於詩而言，技巧即述說方法（或曰表達手法）。但與生活語言不同的是，詩歌的藝術功能可以停留在生活語言的傳情達意，卻不能到此而止。如果一首詩僅止於線性表達，從點到點，即其功能與散文並無二致。同樣嗟嘆逝水年華，有淡若無味，有感人肺腑，其差別便在如何地述說，或，詩人僅僅滿足於單純的述說嗎！

　　北宋楊萬里〈紅葉〉云：「詩人滿腹著清愁，吐作千詩未肯休。」春節期間，讀廣州詩人林鴻年這些蟄藏在電腦的詩稿，腦中浮起這兩句詩來。鴻年之愁，正是清愁。然這般清愁，詩人卻吐之未休。

　　詩歌為技法的呈現。但詩歌的技法，必得與詩人的「心性」結合；否則所謂技法，只是工匠之規舉方圓，並不成為一件藝術品。一言蔽之，詩乃一種「與心結合」的技法。台灣評論家龔鵬程說：「凡只涉及規矩鈎繩節奏調律形式儀制者，是技術；能中有本主，不受於外而自為儀表，則是藝術。」（見龔鵬程，〈藝術是有意味的形式？〉，刊《龔鵬程大學堂》公眾號2022年1月27日）這裡所說的「本主」，意思是詩歌除了具備技術外，也必然要有詩人的精神融合當中，而非單單一件按作詩法而完成的「文字排列組合」。春蠶吐絲，而最終讓生命成為蛹，蛻變為蝶；而非單單以絲織錦，換取榮華。

　　《詩經・魏風》中〈碩鼠〉有「碩鼠碩鼠，無食我黍」句，詩人以碩鼠喻貪官，反覆詠嘆，贏得「上以風化下，下以諷刺上」的詩教美名。鴻年有一首〈與豬同桌〉，藉朋友之口，諷刺那等酒肉朋友；詩分三節，首二節「賦」，末節「比」。朋友的批評是直率的，卻欠缺溫婉含蓄的厚道。詩人出之以「喻」，深得風人意旨：

　　　　朋友他接到一個邀請

　　　　被約去度一個美妙的周末

　　　　那是一個豪華的酒店

晚宴豐盛又充滿歡樂

他說他不想去
我問他為什麼
他說跟那些吃吃喝喝
無趣無品沒快樂

吃是一種味道
跟誰吃也是一種味道
如果只有吃吃喝喝
確實如豬群同桌

　　〈臭豆腐〉裡的「詩人／如臭豆腐」，同屬諷刺，卻令人折
服。詩人本有異於常人，確為小眾，能接受者幾稀。但頭頂桂冠的
詩人何至於此，且看另一篇指涉詩壇的，題為〈別〉；詩人首先為
詩壇定性：「詩壇如廟會／地攤有一群雜耍人在賣藝。」鴻年眼中
的詩壇如同市集的「廟會」，詩人好比賣藝的「雜耍人」。這便不
是單純的諷刺，更含貶損之意。接著他勸喻那些詩人們：

　　別賣萌　水貨損心

別高調　刷存在感

別風騷　博人眼球

　　鴻年敢言，顯示他作為一個詩人可貴的道德勇氣。然忠言逆耳，那些賣萌的、高調的、風騷的，當然心生怨懟。數十萬的點擊，浮誇的謬讚美言，以此牟利或相互酬庸的國際詩奬，平庸詩人就是不能放下。都說：「外行人看熱鬧，內行人看門道。」他們以頻密地曝光，換取熱鬧，讓人注目，而不求詩藝精進。這是內行人深懷憂慮而為當今詩壇所面臨的最大威脅，如今詩人們以筆為耜為杷，集體地挖掘出埋葬詩歌的墓穴。詩人最後說：

欲取一席之地

拿出一些乾貨來

看看市場問大眾值多少個銅板

　　值得注意的是「乾貨」一詞，這裡指的是真材實料的高級食材。萬種南北貨，以乾貨為尊。譬如鮑魚中的乾鮑，較之花樣百出的同類食材，更為昂貴。但乾鮑並非人人可以擁有，買家也少。地攤或雜貨店裡，所見盡皆罐頭鮑魚。你看 L & H Auction 網站，三頭溏心乾網鮑，每隻分別重一百九十七、一百九十八、二百一十克，

作價竟達港幣六萬元之譜（合人民幣四萬九千元，台幣二十一萬五千元）。一經資料的查找，便不由不佩服詩人拈出「乾貨」一詞的厲害，讀之令人拍案而起。

　　另一首〈當你老了〉十分精彩，讓人想起愛爾蘭詩人葉慈（William Butler Yeats，1865年6月13日—1939年1月28日）膾炙人口的同名作〈當你老了〉（When You Are Old）。葉慈有「當你老了，白髮蒼蒼，睡意朦朧，／在爐前打盹，請取下這本詩篇，／慢慢吟誦，夢見你當年的雙眼／那柔美的光芒與青幽的暈影。」（見飛白譯，《詩海：現代卷》，廣西：灘江出版社，1990年，頁1063-1065）以極細緻的筆法寫出極真摯的情。林鴻年此詩一唱三嘆，以物寄情。其特色更在，隱藏了對一份愛情的道德詮釋：善良、童真與忠誠。詩首三節如後。

　　　當你老了
　　　西山的茶樹也老了
　　　採一掬茶葉在老壺裡泡
　　　你會聞到飄出絲絲善良的清香

　　　當你老了
　　　那瓶窖藏的酒也老了

約上幾個知己回憶光陰
你會嘗到那杯裡醇醇的童真

當你老了
眼花了　嗓子沙啞了
彈著忠誠的伴侶吉他高歌
你會感心中的愛依然深沉

　　善良、童真與忠誠之為白首之愛，詩中融入了詩人幾十年來個人的感悟。寫手斧鑿與詩人綵筆，區別於此可見。這也是我前面所說的「有詩人的精神融合當中」的意思。鴻年為詩，細味中往往別具懷抱，隱含旨趣。〈我的前世〉是一首自省之作，當中反映了他的詩觀：詩人好比劍客，以同道為友，抱打不平。且看：

一定是位粗獷魯莽的人
行走大漠闖蕩南北
但遇劍客
必呈劍

我的今生

> 常自詡是位清流另類之人
>
> 隱於市　隱於朝
>
> 不見詩人
>
> 不談詩

　　我祖籍番禺，每次回省城，得與鴻年相聚，均以詩佐酒，浮一大白，而不知地老天荒。記得某回他招待我下榻於廣州丹水坑風景區的「春風里山莊」。曲徑通幽，景物怡人。適逢春雨勃發，簷漏淅瀝。晚間我耽在房外平台，賞雨作詩，念及一生中許多的憾事，感感然難以入眠。許多詩人說，詩乃良藥。著名詩人余秀華為之調侃道（意思）：「那得看是什麼藥。治病，維生，春藥，安眠……。」於鴻年而言，詩當是解酒之藥，他獨醒於混濁之詩壇，我倆互惜互重，乃為文以記。

　　　　　　（2022年2月4日立春日午12時半於爆米花購物中心KFC）

東南亞篇

語言之外的孤單
──蘇榮超詩集《奶與茶的一次偶遇》裡的疾病詩

　　讀畢蘇榮超詩集《奶與茶的一次偶遇》時,是五月的一個清晨。四時三刻我在夢裡醒來,夢卻遺落遍地。欄外天空,黝暗中漸見薄光。在熒屏上讀這一位陌生詩人的詩稿,不覺天色發亮。綠化樹有鳥聲傳來,牠們說著雜亂卻親切的話語。白天怏怏不樂,黑夜撫平之;黑夜黯然銷魂,清晨卻澄明如鏡。生命逆旅的斷捨離,讓人嗟嘆無奈。翻讀一卷真摯而優良的詩冊,就如走在一個樹叢中,葉子一直飄落你的髮梢肩膊,你卻不會把它們掃落地上。窸窣一路,直至身影隱沒在叢林中。

　　我到了充滿煙火味道的港島東鰂魚涌片區的「金仔」茶餐廳點了歐陸早餐。品嚐十足「奶與茶的一次偶遇」的港式味道。榮超生於香港,卻耽擱在千島之國。這令人為之惋惜。因為一個優秀詩人,就這麼逃離香港詩壇。但詩歌豈有欄柵,如今我們仍是偶遇了。

　　榮超的書寫不乏香港的題材。近百年，香港是一個無法雷同的城市，這於詩人來說，是有利的。但香港又是一個流動的城市，這於詩人來說，卻是不利的。香港詩歌，大略而言，均欠缺來自土地的「熱度」。過客視香港為橋樑，掘金者視香港為礦山。兩者均把這個城市看作「暫留地」，這是一個時代的現象。奧地利詩人里爾克（Rainer Maria Rilke, 1875-1926）的「所有的人都生活在異鄉，所有的故鄉都杳無人跡」。或者，這正正是香港詩人的處境。

　　香港是個國際城市，九十年代出現了大躍進，經濟發達，人口暴增。城市人是如何活下來的！印度詩人泰戈爾（Rabindranath Tagore, 1861-1941）說「是一場以寡敵眾的戰爭」。龐大無形的制度對決孤單無助的個體，這便是現實的殘酷。但詩人又說：「群眾是殘忍的，但個人是善良的。」這便是現實所留下的希望。詩人，即便是在黑暗中尋找那希望之光的人。這些詩裡的善，於「天災人禍」的書寫中尤其明顯可見。而類似這些題材，我的書寫中便極少觸及。

　　2020年初發生的全球性新冠肺炎是天災。瘟疫肆虐，封城閉關，人們寸步難行。回首不覺已一年有餘。「疫症」成為年度的熱搜詞，「疾病詩」也悄悄成了詩中一個新興品類，疫情詩選大行其道。古詩中寫疾病的，最為人熟知的是晚唐李商隱的〈寄令狐郎中〉：「嵩雲秦樹久離居，雙鯉迢迢一紙書。休問梁園舊賓客，茂

陵秋雨病相如。」但寫病詩最多的恐怕是大詩人杜甫,我記得這樣
的句子:「肺枯渴太甚,漂泊公孫城。」顛沛流離又頑疾纏身,真
苦不堪言。台灣詩人岩上最後一本詩集《詩病田園花》,當中「輯
二」的十七首作品,全部寫病。蘇榮超詩卷中,疾病詩共六首,涉
及的疾病有以下六種:「風濕」、「五十肩」、「感冒」、「飛蚊
症」、「拔牙」、「失眠」。除了「風濕」外,其餘的我不幸都染
上,故而讀起來倍有共鳴。疾病詩可以歸入自傷之作,詩人嗟嘆窮
愁命蹇,顧影自憐。六首病詩的形式統計如後:

〈風濕〉一節7行
〈五十肩〉一節37行
〈感冒〉兩節9-9共18行
〈飛蚊症〉兩章4-2/6共12行
〈拔牙〉三節2-3-2共7行
〈失眠〉兩節5-5共10行

生命中「生老病死」四大歷程,詩歌於「死亡」的書寫最多,
而於「疾病」的書寫最少。為了略作引證,我拿來1991年上海辭書
出版社的《新詩鑑賞辭典》來瀏覽。這逾千頁共錄入五百三十首詩
作,始於民初胡適而終於台灣向明(後二,最終是李琦)的鉅著,

當中竟無一首疾病詩。詩人如何看待「病」，也即是如何看待生命。風濕病纏擾詩人已多年，病發時患處紅腫，困擾不堪。其苦楚的根源在「脊椎間盤的第三節骨胳」。詩人與病魔的長久對峙中，悟到生存的一種哲理：所謂生命，必得讓天使與魔鬼共存（醫學的說法是，人必得與病毒共存）。故而詩末有「一往情深」的說法。〈風濕〉雖短，架疊三層，如一條編織精緻的小手帕，既工整又注重針黹細節。

相較而言，〈五十肩〉是一首長詩，而且一節順勢而下，詩人在頓挫的述說中包含了對存在的一種嘲諷、揶揄、戲謔、抵抗等的不同態度。詩便即從自我調侃開始：

知天命和

知慢性無菌炎症

基本上是兩回事

人活到五十，對命包括對自己身體的瞭解有幾多！緊接著詩人便提出了對疾病的懷疑，認為是「乏理之說」。五十肩當然不硬指五十歲，醫學上叫「沾粘性肩關節囊炎」。這是「學術語言」。民間的叫法往往有其文化底蘊，意指人活到五十，身體不中用啦，肩膊壞了還怎能承擔生活重擔。這便是「生活語言」予詩歌創作的寶

貴泉源。詩人的責任是，如何把生活語言轉化為「詩歌語言」，成就藝術。患者只要臂不過肩，睡眠時不側臥，即為對疾病的謙讓，而不浮躁驕縱（第13-14行），它還是可以出現兩軍對峙的短暫和平。只是若痛苦來襲，其情可憫：

> 罪魁從肩至膀一路游走於
> 山水城牆內外
> 沿居庸關至嘉峪關周圍

　　疾病的痛楚如破關（節）而下，確是苦不堪言。但疾病還得應對，其法是以柔克剛。詩末記下了詩人悲慘的戰後檢討：「溫婉之必要／柔順之必要。」此詩極為精彩，混合了醫學、歷史、文學等不同語言，是「英雄最怕病來磨」的生命嗟嘆。這絕對是一首堪可傳世的佳作，也是榮超詩歌之高地所在。

　　感冒為風土病，人皆有之。嚴重的感冒有頭痛欲裂、四肢酸楚、流涕噴嚏、劇烈咳嗽等症狀，治療的方法是多憩息、慢動作，〈感冒〉一詩均娓娓道來；當中詩句「斷斷續續侵蝕著絕版／軀殼」，其精警若此。飛蚊症為病卻不帶來任何痛楚，只是讓人眼界有陰影，造成煩擾，這已足夠讓詩人可以浪漫地書寫。其一與其二如後：

沒有翅膀的飛翔／不管如何晃動／就是逃不開／逐漸老去的
視野
隨手拈熄夜空中／那顆喧囂的星／剩下不滅的／陰影／依然
在心頭／飄蕩

　　如此優美動人的句子，若不是題目〈飛蚊症〉刻意遺下了鎖
鑰，讀者萬料不到這是對疾病的書寫。詩題成了開啟之門。詩人妙
手鋪排，成就語言的巧妙。而對某些小病，我們也只能善於共存。
　　醫學上把身體的痛苦分為十二級，牙痛居於最高之列。壞到
神經腺的牙齒，只有拔除，同歸於盡。〈拔牙〉三節，首節寫「拔
之進行」，「黯然的星」喻被蛀而熏黑了的壞牙。黯淡無光的星，
宜移出三十二顆星子的星座圖中。次節寫「拔後」，有孤寂陷入黑
洞般的感覺。末節寫「拔既之牙」，因痛而迫於割捨，星座圖從此
不完整，遺憾自是不免。詩簡凝，暗中鋪排，欲言而又止，真頗似
「牙齒丟了」後的吞吐之言：

摘掉夜空中
那顆黯然的星

不見蔽月的光芒

映照孤寂

黑洞裡全是淚水的錯

落下的隕石已終止枯萎

遺憾卻不知多少

　　我曾有短文談過俄國詩人丘特切夫（1803-1873）的兩首「失眠詩」（見〈詩與失眠〉，刊《台客詩刊》第24期，2021年5月）。榮超這篇〈失眠〉，不作纏綿之語，一頓一行中利落乾脆。第一節末行的「舊愛」，我偏向以本義解讀，即昔日的愛人。末節構想奇特，因相思而失眠，因失眠而無夢，因無夢而滿腹心事。這是一種往復循環的失眠狀態，如我這種長期失眠的人，讀下自是深有同感。末節書寫真是維肖維妙：

相思

無情的拍打著地板

而夢

是唯一奢華物

滿腹的心事買不起

「疾病詩」的書寫建立在「以醜為美」的詩歌美學基礎上。德國詩人貝恩（Gottfried Benn, 1886-1956）是一位醫生，他的〈夫妻經過癌病房〉便把這種醜惡美學淋漓盡致地發揮出來。癌症是現代人永遠揮之不去的夢魘，此詩七節各三行。且看第三與第六節其醜如何：

過來，看看胸口上這道瘢痕，
你摸到了嗎，那軟瘤周圍桃紅色的環？
鎮靜地摸過去。肉是軟的而且不痛。

仍將少量給食。他們的背部
都睡爛了。你瞧瞧這些蒼蠅。有時
護士給他們洗洗。就像擦洗板凳。

舉這首詩的原因是和榮超的做對照。疾病詩的書寫因其主客體之不同而截然分為兩種：寄主與旁觀者。而後者常見以疾病為喻，寫病只是手法，終點是詩人所劍指的黑暗面。此詩的第二節便給出了暗示：「過去誰不曾景仰它偉大，／誰不曾為它而陶醉稱它為祖國。」這種疾病詩與榮超的不同，感懷與自傷，路徑各殊，風光自是有異。

疾病詩只是蘇榮超《奶與茶的一次偶遇》詩集中的一小部分。疫情肆虐，其情其狀讓人觸目驚心。今讀詩集中的這些疾病詩，讓我深陷其中。我感到詩歌與時代的共同呼息。詩人阿拉貢（Aragon, 1901-1992）說過：「詩歌是人類存在的唯一實證。」（轉引自加西亞・馬爾克斯著，李靜譯，《我不是來演講的》，廣東：南海出版社，2012年）愈紛亂的世代，詩愈見重要。

香港奶茶的特色是：茶葉以女性絲襪盛載，以沸騰之水反覆多次沖泡而成。與詩集同名詩〈奶與茶的一次偶然〉寫香港地道飲品「奶茶」。詩人如此詠嘆：「驚艷始於感受／而非顏值／歷經幾代／磨合／終須有一次／非理性的碰撞／從此改革了孤單深層次的定義。」寫奶茶，其實也是詩人的詩觀：詩非詞語的亮麗組合而為令人悚然而驚的內蘊。但這種內蘊的成就並不是一蹴即就，而是詩人與文字長久地磨合，在偶爾的情況下產生出來，其直戳每個人內心的孤單。詩無邏輯，非理性。所有的疾病詩其核心無不是書寫生命的孤單。而，真正的孤單卻都佇立在所有言語之外，而每個真正的詩人都在嘗試以語言來靠近。我可以說，這是一首與「孤單」距離最近的白話詩。

榮超詩作，大略而言，充滿了閭巷煙火味道，具有濃厚的生活氣息。是文字的深沉，是生命燃成灰燼的餘溫。古希臘時代，亞里士多德在其《詩學》中說：「詩是天資聰穎者或瘋迷者的產物。」

榮超之作，說不上天縱英才，一卷帙之酬唱，讓我深刻感到他在詩海中的沉溺，在題材的選擇中，更有一種執拗的堅持。法國象徵派詩人蘭波（Arthur Rimbaud, 1854-1891）說：「邏輯和說教從不叫人信服，夜晚的潮濕更深地潛入我的靈魂。」榮超深諳其味，寫下這一卷優秀篇章。可喜可賀！

（2021年6月1日夜9時45分於婕樓）

布置為局
──談舒然詩〈聚首〉

　　疫情肆虐已久，困處「止微室」，過書齋生活，連微信和臉書也甚少叩訪。詩壇熙熙攘攘，皆為浮名來。詩壇紛紛擾擾，皆為浮名往。既如此，何不品阿薩姆之湯，讀司空圖、策蘭之書，看簷滴之雨，賞及時之花。然日前亂衝浪，無意中得閱新加坡詩人舒然的近作〈聚首〉。閒暇無事，遂亂塗一則詩話略作析述。詩如下。

　　　　我們再一次聚首
　　　　要說的話太多太多
　　　　青山如黛，暮色四合
　　　　看不清你的臉龐我的輪廓

　　　　轉而纖弱，轉而沉默
　　　　晚風中的枝丫搖晃著它細微的葉子

我們相擁到衣襟濕透

任時間如流沙滴漏

夜色蒼涼，就此別過

「願為你提一盞心燈，

照亮波瀾不驚的前程。」

有蜜語恍若天籟綿綿不絕

　　詩4-4-4三節共十二行。屬輕巧之作。然卻懷有濃厚的情味。情意在細緻的書寫中推進，讀者得仔細閱讀，才能領悟其中巧妙。詩寫戀人久別重聚。其精彩處是布置為局，而非曲徑通幽。首節中，外境與心境無縫契合。時間漸逝，天色轉黯，兩人的輪廓已模糊不清了。詩人把一段情感鋪排為「靈」的依存而非「欲」的宣洩。其後所述說的，便釘牢在一個相對高的位階上。中節的關鍵在「枝丫搖晃著它細微的葉子」，夜色既已稠濃，緣何戀人可以知道細微的葉子的晃動！這細微至極的窸窣窸窣之聲，便是內心的反照。詩人以心來感悟兩人的濃情厚意。故而下面「衣衫濕透」的纏綿，便是無痕之筆，寫出了一對戀人由相聚閒聊到沉默相擁的過程。

　　末節是依依不捨的道別。傷別離是一種，善良是另一種。柳永的「今宵酒醒何處，楊柳岸曉風殘月」是傷人自傷，讓人俯首唏

噓。蘇子瞻的「但願人長久，千里共嬋娟」，〈古詩十九首〉的「棄捐勿復道，努力加餐飯」則是另一種，彰顯人性之善。詩中戀人的叮嚀是，燃心燈照亮未來。設想極為幽曲。末句的「蜜語」比「情話」更好。與下面的「天籟」為絕配。戀人間最好的蜜語如同天籟之音，源自內心。與首節的「要說的話太多太多」遙作呼應。

我國有強大的愛情詩歌傳統。《詩經・國風》中愛情詩佔了大比數，對愛情詩的藝術審美準則，古人提出了「好色而不淫」（見司馬遷《史記・屈原列傳》）的說法。「好色」是遵循人性的自然，但須加以節制，不及於「淫亂」，意即「發乎情而止乎禮」。這是我國自古以來的「詩教」。舒然這首情詩，上承傳統，其藝術價值在此。台灣詩人向明為舒然詩集《鏡中門徒》作序〈寫詩自出機杼的舒然〉，有「從詩的本質上看，她仍然保有中國詩文化傳統上應有的高質典雅和精純」之說。論斷如此，觀乎此詩，欣然領首。

（2021年6月26日午後於婕樓）

隱藏與悖論
——談語凡詩〈父親與查無此人〉

　　晚間枕畔傳來窗外大河的流水聲，我蜷伏床上，想到生半中那些後悔的事。當然我沒有詩人張棗在〈鏡中〉的淒麗華美：「只要想起一生中後悔的事／梅花便落了下來。」我活躍的思維一直在推敲那些後悔的事背後的隱藏部分。窗外的大河，是黃揚河。這個城鎮，叫斗門。我企圖完成一件事，不留下悔疚。

　　語凡是新加坡詩人。新加坡小而中國大，日近而長安遠。但詩歌在嚴峻的空間與時間中，並不曾退卻；它壁立著，在迫退空間的局限與時間的流逝。所有寫詩的人，無非都在困逼中詮釋存在，在消失中挑戰遺忘。語凡詩〈父親與查無此人〉是一首長詩，其創作的意圖也正如此。

　　〈父親與查無此人〉約七百行，分為六十節。詩歌以雙軌跡進行。我想起台灣名小說家王文興的《家變》。寫父子不和，父親離家出走。小說同樣是雙線發展。兩個時間軸這種垂直書寫，讓小說

的發展具有強烈的時間感。內容既寫滄桑浮沉的生命，也寫恩仇共生的親情。王文興以阿拉伯數字標示過去，描述主角范曄成長與家庭變遷，以英文字母標示現在，記述了尋父的經過。這是一個經典級小說的結構。但詩歌畢竟不同，它的特徵不在完整的敘事，而是在述說之外的隱藏部分。

所謂隱藏，並非是詩人刻意不說。盡，是寫作人不可抵達的文字的局限。小說還好，總有「劇情」存焉。詩則大可不必，詩人追求的並不是「盡」，而是「到」。也則藝術表達的恰如其分。可以說，詩歌是追求隱藏部分較之呈現部分更多的藝術。

詩題〈父親與查無此人〉這個題目充滿「悖論」（paradox）。美國新批評家克利安思・布魯克斯說：「科學家的真理要求其語言清除悖論的一切痕跡，詩人要表達的只能用悖論的語言。」語凡深明為詩之道，則以〈父親與查無此人〉為題。「父親」是個有溫度的詞，標示了血緣與脈絡，帶有強烈感情的色彩。而「查無此人」則是冷酷的片語，指向斷絕與失望。向一個至親的人喊「查無此人」，自是心懷悲愴。而「此人」於此，僅僅成了一個無宗族姓氏的符號。「查」字表示此人確實存在，只因線索斷落或與自己關係疏離，以致在生命中，恍若不曾存在過。而這種父子疏離的現實，與動亂的時代息息相關。詩的開首，詩人是如此講述：

打開地圖
你曾在那裡種下
一棵樹
用血和眼淚
來自石頭

如今已經成林
我還在圖裡尋找
最初的種子
每一棵樹的回答都是
查無此人　　（第1節）

　　父子疏離，然而父慈子孝並不因此而變改，狀況是「沒有生存
過的愛」（第2節）。父親於腦海中的形象，只餘一個名詞：「我沒
有父親的記憶／我只有父親。」（第3節）這個名詞，存在於舊相
片與發黃的族譜上。詩人溯源，遠及曾祖母的歲月。人的一生，歷
史一瞬。詩第二次提到查無此人，已近尾聲。「某一個夜裡／他立
在洞口／看完最燦爛的星空／他看到一群衣著怪異的人／挖出他的
皮囊／說自己是他的子孫／他不知那是不是自己／生命的意義／他
笑得很儀式／其實查無此人」。（第53節）悠長的歲月澆熄了溫熱

的血源，並陌生了親密的倫常。在客觀的生命座標中，每個存在的個體其實並不相屬，猶如渡河的非洲角馬，冰塊上的皇帝企鵝，獨自求生，獨自接受命運的安排。語凡此詩，企圖在殘忍無情的時間流逝中，以軟弱的文字挑戰遺忘，尋找冷酷世界盡頭中的一絲溫暖。

〈父親與查無此人〉可以說是一首尋父記的作品。詩歌背後蘊藏的核心價值為傳統的「孝道」，這是詩人不能丟棄的生命本質之一。詩不做直接抒情的寫作，而是通過一種敘述性、諷諭手法或戲劇化處理來書寫。這是作品獨特的形式，也是藝術性所在。長詩的寫作有異於一般的書寫，而為獨一無二的藝術品類。美國詩人愛倫坡（Edgar Allan Poe）從根本處否定長詩的存在，或認為只是無數短詩的組合。固然有他的道理。但單從文本上看，此詩無疑是認真而勤奮的語凡創作詩歌中最優秀的作品。讀到這般詩句，不禁令人為之動容。「荒涼」一詞，著墨如斯，再而「幽默」一詞，精準有度。然後「他守在古道邊／髮如原上草」，那種悠悠萬古的時間滄茫，便全然湧現。藝術感染力中的笑中有淚，便則如此：

　　多年後的今天
　　我在荒野遇見他
　　穿過薄霧如雨
　　托著的大地

他依舊荒涼如昔

幽默亦如昔

他守在古道邊

髮如原上草

作為他的兒子

我這時才覺得驕傲　（第4節）

　　全詩洋洋灑灑，如林之茂密蓊鬱，繁花與古樹並生。而當中有挺秀之木，蒼翠精彩，如：「有時一天是／一本經書／有時一輩子／只有幾個歪歪斜斜的字。」（第8節）「我在你留給我／那塊壞掉的手錶／看見指針偷偷走動。」（第9節）「司馬遷的史記／記著歷史如夢的初心／蔡倫把樹變紙／印上我的詩句。」（第17節）「只有偷看你背影的味道／有雨的苦澀。」（第25節）「武康路113號遇見／八十年前／你多愁善感的窗／梧桐葉從法國／落在你寂寞的嘆息上。」（第35節）「我又一次上山／你已不在樹下／整片森林如此寂寞／雨絲落下／竟有你悲傷的味道／／此刻，你放棄了／木質的身軀了嗎。」（第41節）不勝枚舉。讀之掩卷，不知人間何世！

　　　　（2021年11月15日晚6時15分於將軍澳廣場arome cafe）

居酒屋百景

牛角的對應物：談「地誌詩」的寫作
——詩集《步出夏門行》序

　　最近讀到一篇「很厲害」的文學評論。那是法國傳記作家米歇爾·萊里斯（Michel Leris, 1901-1990）寫的〈論作為鬥牛術的文學〉。此文為1939年他的自傳作品《遊戲規則》的序文。我說它厲害，是基於兩個原因。我理想的文學評論是應該這樣的，在嚴肅的辯證中帶有濃郁生活況味的述說。萊里斯在詮釋了一個被炮彈催毀的城市與詩人內在的苦痛後，接著做出如此的書寫：「儘管多雨時節，明亮而美好的陽光仍不時照在幸存的房屋和廢墟上……。作為觀者的我，在雨淋不到的地方觀看，並聲稱擁有免於羞恥欣賞此半毀風景的權利，把它當作一幅不錯的畫。」（潘赫譯）其次，內容論述的有關文學的作用時，所提出的論述極其驚嚇剴切：「我並不自甘於我只做文學家，由於時刻面對危險，鬥牛士有可能自我超越，並在遭遇最嚴重威脅時，使出渾身解數：這正是我最迷戀，並想成為的。」且看還要厲害的（原文太長我做出刪節，但不影響原

意）：

> 如果寫作領域內發生的事，只停留在美學的，它們不是毫無
> 價值？如果在寫作中不存在鬥牛中鋒利牛角的對應物，那麼
> 寫作就只能是芭蕾舞鞋的空洞華麗（只有牛角──因其所暗
> 藏的真實威脅──才賦予鬥牛術以人性的真實）

　　地誌詩的寫作，當然也應該找到那「牛角的對應物」。這也
是我一貫主張的詩在風物之外，也即是詩始於風物，而終於其餘。
因為這才是文學的價值所在。否則一堆文字不如一幅「風景照」。
台灣學者龔鵬程在〈點石成金的圖像修辭學〉中說：「與圖像訊息
相比，語言訊息具有錨定功能（ancrage）。因為所有圖像都是多義
的。在圖像的能指後面，隱含著一條所指浮動鏈，讀者可以從中選
擇某些所指而忽略其他。」眼前的景物便即是一幅「圖像」，詩
人如何在這無限的時間與空間的「所指」裡找到那「牛角的對應
物」，便即地誌詩作為文學的存在理由。我以此準則重讀詩集裡的
所有作品，有牛角的對應物約佔八成，而這個對應物往往是：神祕
莫測的生命或無法言詮的愛。而兩者都是殘忍的存在。
　　法國評論家羅蘭‧巴特（Roland Barthes）在《圖像修辭學》中
說：「（修辭）為一項技術，一門隱含在詞之古意中的藝術，專門

的說服藝術。」（轉引自龔鵬程文章）乃知詩歌修辭的最高點為：
足以說服藝術，而非耿介於達意。我國北魏晚期有一本地理書《水
經注》，凡四十卷，作者是酈道元。此書記載了約一千多條河流及
有關的歷史遺跡、人物掌故、神話傳說等，本應是一本枯燥的地理
書，卻因其文辭優美，成就了一本偉大的文學著作。《魏書》如此
評論其人其書：「道元好學，歷覽奇書」，「詞組隻字，妙絕古
今」。如卷三十記載淮水，首段約五百字便引文達十一處之多。而
當中有的片段，就如同一篇散文詩：

> 於溪之東山有一水，發自山椒下數丈，素湍直注，頹波委
> 壑，可數百丈，望之若霏幅練矣，下注九渡水。九渡水又北
> 流注於淮。

古人之不余欺也。可知地誌詩所重者，一為尋出牛角之「對應
物」，一為具有說服藝術之「修辭」。前者非眼下所見之山水，後
者非僅止於語文上求準之技法。

詩集名《步出夏門行》，是借用我國東漢建安時期（西元196-
220）——一個文學輝煌時期——的詩人曹孟德的詩作。孟德這首
詩是組詩，包含〈艷〉、〈觀滄海〉、〈冬十月〉、〈土不同〉、
〈龜雖壽〉五首。「夏門」是當時洛陽城的北面西邊的城門。五首

詩末的「幸其至哉，歌以詠志」是譜樂時所加上的，並非詩的原意；從一個宏觀的角度看，都可以歸屬於「地誌詩」。其中〈觀滄海〉的「東臨碣石，以觀滄海」，八個字包含了高山大海，寫出了大氣派來。這些詩都別具懷抱。當年孟德的夏門，現在換作航空港與高鐵站。時代不同，江山有異，然詩人的情懷始終未變。借用前人名篇做書名，這是繼詩集《荷塘月色》後的第二本。傳統給予我們當代的繼承者，實在太多。

　　本詩集於某年申請「周夢蝶詩歌獎」時，曾取名為《嘉義分行》；書名既是銀行支行之「喻」（見〈歲時記〉），也可是白話分行詩之「賦」。然無論何名，詩集的作品，均以南台灣的嘉義與高雄「雙城」為書寫客體，成就了一本完完全全的「地誌詩集」。詩集不同於旅遊工具書或地理科普書，文字發出去的矢，有可能抵達閱讀者的「幽暗之地」，有時甚至喚醒了閱讀者自己所不知的「幽暗之地」。當你心裡擁有這些詩歌的碎片，春日倘佯於阿里山之林木，秋季徘徊於西子灣之海堤，那時你眼下的景色，因為滲有一種微妙的「詩分子」，它結合了你自身的經歷，綠色已成專屬於你的綠，晚霞專為你而剎那璀璨。風物，都有了別樣滋味！

（2021年4月12日晚10時於婕樓）

南冠客思深
──《當代台灣詩選》後記

　　每個詩壇都是一面破鏡，其分別只在於：破碎到什麼程度。台灣詩壇也不例外。當中最大的裂痕存在於意識形態。某午間與詩人們平而論道，有人提及台灣兩本截然不同的年度詩選，與及因選而引起的詩壇紛爭。後來，竟然有人想到，由我們來嘗試編一本「台灣詩選」來。我有幸夥拍熟悉台灣詩壇並常為台灣詩人撰寫「誤讀」的學者詩人余境熹，一起來完成這件事。

　　余君與我各以不同程度與方式「介入」台灣詩壇，既相異（各有交往與人脈）也相同（都撰寫有關台灣詩歌的評論）。經過商討、交換、調整後，各自向不同的目標人物約稿。熟悉作品的，我自行挑選，請詩人確認；不諳作品的，請詩人提供，我從中揀選。有的詩人交稿遲了，先列作後備，尋找機會補上。余君積極進取，我怠倦疏懶。一再耽誤了明媚風光。春去秋來，疫情如大軍，兵臨城下。讀書人風雨中治學與書寫，是避世之良策也！時光轉慢，磨

磨蹭蹭，效率自是相應而降！

　　書稿既就，乍看便覺可觀。好一本編者既在場而又缺席的《台灣新詩選》，出現了一些從來進入不了台灣詩選的詩人，也有一些具實力卻被人刻意忽略的詩人。我們好像撿拾到一片重要的碎片，讓台灣詩壇當下的面貌更能完整地呈現出來。六十一當然是個小數目，但在星空版圖之中，能於不同的季節，在不同的星座圖中，擷摘閃亮的星子一二，北斗與南十字，天狼與人馬，湊合而成，這個星空也是燦爛無比的。像一九七五年我在南投日月潭光華島晚上看到的星空一樣，熙熙攘攘，熱鬧好比一個天上的市街。

　　詩選的好壞，不全在於選了誰又遺漏了誰，也不在誰的篇幅多與寡的不均，而在「選心」。選也是一門學問。自南朝梁武帝太子蕭統有《昭明文選》以來，便有「選學」。木質上，選面對群體，是一種管理的藝術，也是詩學中的「政治課」。詩壇總是免不了有派系之紛爭，互為攻訐或各不相干。一本詩選，只要歸屬於詩藝，而非以話語權來取捨，均應予以尊重。

　　然詩選總局限於編選者對一個詩壇的認知程度。沒有一個人敢說全盤瞭解一個空間，哪怕是一個極為狹小的房屋。這個房屋哪一年出現，用什麼來建造，窗欄怎樣的風格，那細微的雕花有何涵義，為何東邊的窗子小而西邊的窗子大，後來怎麼添加了後院，又在擴建了一層。有人搭了瓜棚，招來午夜蛙聲和風雨的痕跡。哪些

人來了又走，爾後卻返來叩門。哪些人住下來一晃便是半世紀。哪群人聚於西廂，哪群人又麕集在南閣子……。我曾徘徊門外，也曾踏進這個空間來，看過嫣紅姹紫，看過橙黃橘綠。驚嘆花開璀璨，感懷花落侘寂。然紀弦的「狼之獨步」、楊牧的「孤獨」、鄭愁予的「船長的獨步」、洛夫的「有人從霧裡來」，都成往日情懷。白萩筆下的「北新街」、余光中描繪的「圓通寺」、瘂弦述說「鹽」的古早味、方思彈奏的「豎琴與長笛」，皆非舊時面目。有些名字一直懸在斑駁的牆上，有些塵封在抽屜，有些安靜如仲春的蝶，有的聒噪似深秋的蟬。我如南冠客，在島嶼的欒樹下，聽風的歌，徘徊踟躕，步出夏門行，懷著一顆「選心」，來珍惜這個曾經的空間。

　　台灣詩壇對評論素不重視，是詩壇長期處於混亂狀態的原因之一。約四十年前，著名學者蔡源煌在評論爾雅版《七十二年詩選》（蕭蕭主編）時，便對選入某些作品頗有微言。他的解釋是：

　　　　這樣的描述僅止於浮現的語象……，這些浮現的語言旨在表
　　　　明一種死心塌地的愛……。這首詩除了愛的表白還有甚麼？
　　　　像這種詩也許收在情詩選集還顯得更為恰當。用典太多，太
　　　　繁複，而又只是顯示掌故的含意或加以引申，語言的力量也
　　　　必定呆滯。

　　他推薦了詩選裡：沈志方的〈陶壺篇〉，因其「能反射語言本質的問題」；林永昌的〈清明祭〉，因其「將語言推到最大的邊際效用」；楊子澗的〈我們氏族的圖騰〉，因其「詩中話語的聲音是出自牛墟的牛群」，「這是近年來描寫一個逝去的時代與社會最有力的一首詩」；蘇紹連的四首作品，因其「語氣帶有激動的自覺」；羊令野的〈清水寺〉，因其「詩中的佛家語彙骨子裡綻露的是歷史性的智慧」；魏貽君的〈大移民〉，因其「語言集悲壯及魄力，而不流於煽情宣洩」；德亮的〈老厝〉，因其「這種自我取銷式的語言卻使詩人對文化價值的眷戀顯得更戲劇化」；碧果的〈當我要離開的那一剎之間〉，因其「先諧擬陰霾的語象引導讀者掉入這些語象鋪陳的迷宮」（完整的引文參看〈論探源式批評——兼評爾雅《七十二年詩選》〉，載蔡源煌著，《當代文學論集》，台北：書林出版社，1986年，頁129-154）。其對詩歌的認真與審慎，反映其對文字的敬重。在完整的文章裡，我們看到他的一個觀點：詩歌的好壞語言尤其重要，那是一種施行的形式。

　　詩選出來了，好惡的聲音隨之而來。我想說，如蔡源煌這種批評的聲音也是「好聲音」，而空洞的頌讚卻未必。詩選既為將來「史」的書寫作前期的準備，也為讀者提供讀好詩的便利。這本詩選，是做得到了。

　　　　　　　　（2021年9月30日中午於將軍澳廣場arome cafe）

附錄

我的理想國

秀實

　　寫詩是思想的活動。寫久了，每個詩人自自然然有了他自己虛擬的「理想國」來。我的理想國記錄在下面這首詩（2022年3月8日）中：

　　　　河流穿越兩岸有樹葉小如點子枝丫瘦削的樹木，我立著，樹
　　　　游走　（28字）

〈理想國〉

　　這是一首「婕體詩」。所謂婕體詩是介乎分行詩與散文詩間一種多句長行或單句長行的詩歌。我的理想國不同於英國小說家希爾頓（James Hilton）《消失的地平線》（*Lost Horizon*）中的香格里拉，也不是我國春秋時期孔子的「大同世界」或東晉時期陶潛的

「桃花源」。當然也不是詩人周夢蝶所書寫的「我是現在的臣僕，也是帝皇」的孤獨國。

在這二十八字的書寫中，一行可看成是河流的圖像。一河兩岸是具體的場景，也是相對於荒涼的繁華地段。兩岸總有橋樑相連，詩的兩個斷句處則為橋樑。人可以在橋上看風景，對著流水的倒影沉思。河岸有津渡，津渡有相送的人，有「霧失樓台，月迷津渡」的美景。有彼岸，有上游，有在水一方。有「蒹葭蒼蒼，白露為霜」的美景。河畔種植了樹，那些樹的葉子細小如點子，風過時如雨飄落。我喜歡細微。樹的枝丫姿態妖嬈瘦削，含有更多的空間可能。白天可掛浮雲，晚間可懸秋月。我喜歡瘦削。「樹游走」在這裡是一個「象徵」。其象徵的意義為何？讀者可自行詮釋，做各種推測。但於我而言，確是別具懷抱的。只是我的寄寓未必和每一位讀者相同。這是詩歌語言的多義性帶來的謎題藝術效果。

這首詩〈理想國〉的關鍵詞在「立著」與「游走」。「我立著，樹游走」可以利用修辭學的互文解讀。無論立著或游走都是一種存活的狀態。在所有的有形無形的壓力下人可以隨意在河岸或立著或游走，其情狀如何可以想見。這向外輻射了一個國度的全然美好。至於是踽踽獨行還是並肩而立也是隨心所欲。但我在乎的，還是回到那枝丫瘦削的樹上，有它在，能游走，所有名字盡甜美，所有色彩盡舒適，所有線條盡柔和。試想像，一株你喜歡的樹隨你而

游走,因吸收土地的營養不夠而瘦削,卻仍細心地以最大的蔭蔽予你。這個理想國是何等地幸福。

　　古希臘柏拉圖(Plato, 427-347B.C.)的著述《理想國》(*The Republic*)中,提出君主應當由哲學家擔任。詩人治國,將更美好。詩人守法,卻總是把情置於法之上。理想國最美的風景線是人,這非瘋子之言。但詩人不必憂心現實的君王,也不必投筆去競選總統。他在文字中已自立為王。他擁有屬於他的理想國。

　　　　　　　　　　　　　　(2022年3月9日零時30分於婕樓)

秀實著作
（評論部分）

捕住飛翔（香港：新穗出版社，1992年）

片紙談詩（香港：獲益出版社，1995年）

我捉住飛翔的尾巴（北京：國際文化出版公司，1997年）

劉半農詩歌研究（香港：紅高粱書架有限公司，1999年）

文本透視（香港：科華圖書有限公司，2002年）

散文詩的蛹與蝶（香港：阿湯圖書，2005年）

為詩一辯：止微室談詩（台北：秀威經典（秀威資訊），2016年）

畫龍逐鹿：止微室談詩（台北：秀威經典（秀威資訊），2017年）

望穿秋水：止微室談詩（台北：秀威經典（秀威資訊），2020年）

賞花賞詩：止微室談詩（台北：秀威經典（秀威資訊），2021年）

幽暗之地：止微室談詩（台北：秀威經典（秀威資訊），2022年）

婕樓說詩（即將出版）

秀威經典　　　　　　語言文學類　PG2781　新視野72

幽暗之地
——止微室談詩

作　　　者／秀　實
責任編輯／洪聖翔
圖文排版／陳彥妏
封面設計／蔡瑋筠

出版策劃／秀威經典
發　行　人／宋政坤
法律顧問／毛國樑　律師
印製發行／秀威資訊科技股份有限公司
　　　　　114台北市內湖區瑞光路76巷65號1樓
　　　　　電話：+886-2-2796-3638　傳真：+886-2-2796-1377
　　　　　http://www.showwe.com.tw
劃撥帳號／19563868　戶名：秀威資訊科技股份有限公司
　　　　　讀者服務信箱：service@showwe.com.tw
展售門市／國家書店（松江門市）
　　　　　104台北市中山區松江路209號1樓
　　　　　電話：+886-2-2518-0207　傳真：+886-2-2518-0778
網路訂購／秀威網路書店：https://store.showwe.tw
　　　　　國家網路書店：https://www.govbooks.com.tw

2022年6月　BOD一版
定價：250元
版權所有　翻印必究
本書如有缺頁、破損或裝訂錯誤，請寄回更換

讀者回函卡

國家圖書館出版品預行編目

幽暗之地：止微室談詩 / 秀實著. -- 一版. --
臺北市：秀威經典, 2022.06
　　面；　公分. -- (語言文學類；PG2781)(新
視野；72)
　　BOD版
　　ISBN 978-626-95350-5-7(平裝)

　1.CST: 新詩　2.CST: 詩評

820.9108　　　　　　　　　　111008763